해피 실연 클럽

정은숙 장편소설

창비

차례

개회사

당신을 만나는 모든 사람이 당신과 헤어질 때는
더 나아지고 더 행복해질 수 있도록 하라.

−마더 테레사

1부

해피 실연 클럽을
시작하겠습니다

회원 소개: 사포자

세상에는 두 종류의 사람이 있다. 사랑을 믿는 자와 사랑을 믿지 않는 자. 수요 없는 공급일 테지만 나는 사랑을 믿지 않는다. 사랑을 믿지 않을 뿐만 아니라 '사포자'다. 혹시 수포자를 잘못 쓴 거 아니냐고? 물론 수학도 잘 못하지만 아직 포기 단계는 아니다. 나는 수학이 아니라 사랑을 포기한 사포자다.

이제 겨우 15년 살아 놓고 뭘 안다고 사랑을 믿네 안 믿네 떠드는 거람, 하면서 빈정거릴 분들을 위해 한 가지 알려 드리자면 내 가치관 형성의 역사가 결코 짧지 않다는 거다.

부모님이 맞벌이였던 이유로 나는 외할머니 손에서 컸다. 딸의 경력 단절을 막기 위해 고향을 떠나 어린 손녀의 육아를 담당했던 할머니의 취미는 드라마 시청이었다. 「시어머니의 철없는 아들」, 「나는 알고 있다, 내 남편의 전 부인들을」, 「부부의 잔혹한 사생활」 같은 드라마를 주야장천 보는 것만이 할머니의 유일한 낙이었다.

"어머나, 저것들 좀 봐라. 개돼지도 아니면서 어쩜 저런 짓을 한다니."

"아이고, 본마누라 버리고 얼마나 잘 사는지 보자고."

"쯧쯧, 천벌을 받을 것들."

할머니가 즐겨 본 건 욕을 하면서도 끝까지 보게 된다는 이른바 막장 드라마였다. 분명 15세 관람가 표시가 있었건만 할머니는 초등학생의 시청을 전혀 제지하지 않았고 나는 수십 편의 드라마를 보면서 눈치 빠르고 조숙한 아이로 자라났다.

내용은 대부분 비슷했다. 헌신적인 부인을 버리고 바람을 피우거나 가정적인 남편을 배신하고 딴짓을 하다가 쫄딱 망하는 이야기. 주인공의 성별은 주 시청자를 감안한 탓인지 90프로 이상이 여성이었다. 처참하게 버려졌던 주인공이 다시 행복을 되찾는 마지막 회에서 할머니는 박수까지 치며 감격의 눈물을 흘렸다.

"아가, 봤지? 인생은 착하게 살아야 하는 법이야."

수시로 읽어 주라며 엄마가 거금을 들여 산 명작 동화 전집의 책장 한 번을 넘긴 적이 없던 게 미안해서 그랬을까, 할머니는 한 편의 드라마가 끝날 때마다 나름 '권선징악'이란 교훈도 일러 주었다. 그런데 어쩐 일인지 나는 교훈보다 드라마 내내 악역에게 고통받던 주인공의 기막힌 사연만이 기억에 또렷이 남곤 했다.

단란하고 화목한 가정을 비추며 시작한 드라마는 1회가 채 끝나기도 전에 내연녀의 등장과 함께 남편의 배신이 드러났다. 그이후로 할머니가 말한 천벌을 받을 두 인간의 상상 초월 짓거리가 15회까지 이어지다 16회에 가서야 주인공 옆을 묵묵히 지키던 잘생기고 멋진 본부장님―그러니까 꼭 본부장이 있는 회사에 다녀야 한다―의 도움으로 복수와 사랑을 쟁취하게 되면서 드라마는 막을 내렸다. 사이다를 마신 것처럼 속이 시원하다는 마지막 회를 보면서도 나는 물 한 모금 없이 고구마를 먹은 것처럼 더부룩했다. 주인공이 행복한 시간은 짧아도 너무 짧았다. 마지막에 잠깐 행복한 게 도대체 무슨 의미가 있을까?

아무리 극적인 해피 엔딩을 위한 장치라고 하지만 뻔뻔하기 그지없는 남편과 내연녀에게 당하는 가련한 주인공을 보면서 나는 겨우 아홉 살에 뒷골이 당기는 고혈압 전조 증상을 겪기도 했다. 엄마는 양 눈이 뒤로 넘어갈 정도로 머리를 바짝 당겨 묶은 할머니 탓이라고 주장했지만.

아무튼 나는 드라마를 통해 인생을 선행 학습했다. 세상에 믿을 놈 하나 없다는 사실을, 인생은 결국 혼자라는 현실을, 영원한 사랑은 환상이라는 진실을 일찌감치 깨달았다.

드라마 때문에 이런 가치관을 갖게 되다니, 하며 미디어의 부정적 영향을 거론할 거라면 미리 말리고 싶다. 납득할 만한 충분한 이유가 있으니까. 드라마로 조기 교육을 했다지만 사포자가 된 결정적인 계기는 극히 개인적인 가정사 때문이다.

나의 부모 도현모와 도지영은 한때 조선판 로미오와 줄리엣으로 불렸다. 두 사람의 사랑은 양쪽 집안의 엄청난 반대와 함께 시작됐다. 신체 건강하고 정신 멀쩡한 청춘 남녀의 연애를 집안 어른들은 왜 그리 반대했을까? 혹시 재벌 2세와의 사랑 같은 신분적 차이를 생각했다면 전혀 아니올시다. 이미 한쪽이 가정을 꾸렸다는 막장 드라마급의 비밀 역시 맨송맨송 살아온 두 사람에겐 가당치도 않은 일이었다. 두 사람의 사랑을 가로막은 건 우습게도 법이었다. 대한민국 민법 809조 1항 동성동본 혼인금지법. 동성은 성이 같다는 뜻이고 동본은 시조의 고향인 본관이 같다는 뜻인데, 가까운 혈족 사이의 결혼에서 발생할 위험을 피하고자 만든 법이었다고 한다.

"가까운 혈족? 얼굴도 모르는 사람이었다며. 무슨 그런 거지 같은 법이 다 있었어?"

공부 많이 한 분들이 심사숙고해서 만든 법이었을 테지만 그분들이 모르는 게 하나 있었으니 그건 바로 연인들의 심리적 저항감이었다. 나의 부모 역시 이 거지 같은 법 때문에 사랑의 불을 더 활활 지폈다. 절대로 헤어질 수 없다고, 그럴 바엔 차라리 죽음을 택하겠다고.

다행히 두 사람은 죽지 않았다. 내 존재 자체가 스포일러인 것처럼, 긴 기다림이 있었지만 법은 폐지됐고 두 사람은 결혼했다. 역경을 뚫고 이루어 낸 두 사람의 사랑에 나는 진심으로 박수를 치고 싶었다. 끝까지 행복했다면 말이다.

모두들 알겠지만 로미오와 줄리엣은 두 사람의 죽음으로 끝나는 비극이다. 내 부모의 사랑도 해피 엔딩은 아니었다. 작년 여름 늦은 밤, 아빠가 교통사고로 세상을 떠났다. 처음엔 단순히 출장 중 일어난 불의의 사고인 줄 알았다. 하지만 사고 경위를 알아보던 중 하나의 사실이 밝혀졌다. 늦은 밤 일어난 사고였음에도 아빠 옆에는 여자 동승자가 있었다. 알려진 사실은 그게 전부였다. 하지만 그 즈음, 아니 훨씬 전부터 스산했던 두 사람의 분위기를 고려하면 사실 너머의 진실을 짐작할 수 있었다.

차라리 죽음을 선택하겠다고 할 정도로 불타올랐던 사랑도 결국 배신으로 끝났다. 사랑이 얼마나 부실하고 하찮은 것인지 목격한 내가 어떻게 사랑을 믿을 수 있을까. 그런데 사랑 따위 개나 주라며 외치고 싶은 나에게 편지가 한 통 도착했다.

미래야, 안녕!

여기는 프라하야. 프라하는 하늘을 13시간 날아와야 하는 먼 곳이야. 눈을 돌리면 시간 이동을 한 것처럼 중세 유럽의 풍경들을 만날수 있어. 프라하에서 가장 관광객들이 많이 모이는 곳은 구시가 광장에 있는 천문 시계탑 앞이야. 관광객뿐만 아니라 그들을 노리는 소매치기도 많이 모이지. 너도 나중에 여기 오면 특히 소지품을 신경 써야 할 거야.

천문 시계는 무려 600여 년 전에 만들어졌고 완공되자마자 프라하의 상징이 되었다고 해. 당시 천문 시계를 본 유럽의 귀족들은 그 아름다움에 반해 시계를 만든 하누쉬라는 시계공에게 자신들의 나라에도 똑같이 만들어 달라고 요청했대. 그런데 이 얘기를 들은 프라하시 의회가 천문 시계를 독점하기 위해 하누쉬를 잡아다 인두로 눈을 지져 버렸다지 뭐야. 이후 분한 마음에 하누쉬가 시계탑에 손을 대자 시계는 작동을 멈췄고 400년이 지나서야 수리를 할 수 있었다고 해. 진짜 잔인하고 끔찍한 이야기지? 이런 이야기가 숨어 있다고 생각하니까 천문 시계를 보면서 마냥 감탄만 할 수는 없었어.

혹시 알폰스 무하라는 화가를 알고 있니? 며칠 전 프라하 중앙 우체국에서 무하의 그림 엽서를 샀어. 그런데 엽서를 쓰다가 바로 낭패라는 걸 깨달았지. 이걸 네가 직접 받지 않으면 가족들도 다 읽을 테니까 말이야. 할 수 없이 다음 날 편지봉투를 또 사러 갔는데 이번엔 우체국 근처 트램 정거장이 공사 중이지 뭐야. 전 정거장부터 내려 한참을 걸어가야 했어. 무슨 얘기를 쓰려고 이런 고생을 했나 싶지?

노을 사이로 성당의 종소리가 은은하게 울리고 있어. 멀리 떠나고 나서야 알 수 있는 것들이 있다고 하더니 정말 그런가 봐. 여기 있으니 유독 네 생각이 많이 나. 웃을 때 콧잔등에 지던 주름과 손마디에 샤프를 끼워 놓고 돌리는 모습까지. 아참, 백팩 옆에서 달랑거리던 인형은 발랄한 네 모습 같았어. 밥 먹을 때 당근을 빼놓는 건 건강을 생각해서 고쳤으면 좋겠지만 그것도 너의 취향이니까 존중해야겠지?

음…… 나는 너를 아주 많이 좋아해. 누군가를 좋아하는 마음이 이렇게 깊을 거라고 감히 생각도 못 했어. 쓰면서도 내가 이 편지를 보낼 수 있을까, 그런 용기를 낼 수 있을까 자신이 없어. 네가 나를 좋아하지 않으면 어쩌나 걱정스럽고 지금보다 어색해질까 봐 불안감이 들기도 해.

프라하의 천문 시계는 해골이 나와서 종을 치는데, 언제 다가올지 모르는 죽음을 대비해 현재에 충실하란 뜻이라고 해. 나도 벅차오르는 이 마음을 지금 표현하지 않으면 안 되겠다는 생각이 들어서 용기를 냈어. 한국에 돌아가면 너를 만나서……

안녕!

회원 소개: 금사빠

토요일 오전 7시, 멀리서도 눈에 띄는 핫핑크 가방을 든 아이는 자칭 타칭 나의 '베스트 프렌드' 은솔이다. 베프답게 만남은 구박부터 시작했다.

"뭐야, 아직도 그 가방을 갖고 있었어?"

다람쥐가 입체적으로 부각된 가방은 다람쥐 어린이 수영 클럽에서 받은 거였다. 무려 9년 전에.

"왜, 뭐가 문젠데?"

손잡이 실밥 일부가 터지긴 했지만 지퍼는 아직까지 멀쩡했다. 자다 일어나 부스스한 머리부터 오래 입어 무릎이 나온 트레이닝 팬츠에 뒤축이 닳은 슬리퍼까지. 한눈에 내 꼴을 스캔한 은솔이 혀를 끌끌 찼다.

"사랑만 포기한 게 아니라 외모까지 포기한 거야?"

앙칼지긴 해도 은솔의 잔소리는 길지 않았다. 어차피 못 고칠 걸 알고 있기에. 고개를 절레절레 흔드는 은솔의 팔을 잡아끌고 외벽에 다람쥐가 그려진 건물로 들어갔다.

누군가는 저기압일 때 고기 앞으로,라고 하던데 나는 마음이 복잡할 때 수영장을 간다. 늦잠을 포기하고 나선 주말 자유 수영의 파트너는 언제나 그렇듯 은솔이고.

"기분이 꿀꿀한데 뭔 수영? 그럴 땐 마라탕이지."

은솔은 절대로 이해 못 하는 나만의 루틴이다. 따뜻한 물에 몸을 적시고 핫둘 핫둘 팔을 돌려 간단한 체조 후 수모와 수경을 체크하고 물속으로 풍덩. 팔다리를 움직이는 단순한 동작은 복잡한 생각을 사라지게 만들고, 머리를 비운 채 파란색 수영장 바닥 타일을 보고 있으면 고요한 우주 속을 유영하는 것처럼 마음이 차분해진다.

내가 자유형으로 시작하는 것에 반해 은솔은 언제나 평영이 먼저였다. 개구리 영법으로도 불리는 평영은 동작 때문에 우스꽝스럽게 보이기도 하는데 다리가 긴 은솔이 하면 제법 우아하게 느껴졌다. 우아한 개구리 같으니라고.

네 가지 영법을 순서대로 하고 나와 메인 풀 옆에 잠깐 앉아 있는데 누군가 다가왔다.

"주말 아침 수영은 완전 진심인 건데, 은솔이 수영 좋아하는

구나?"

운동 좀 한다는 티를 내듯 어깨가 떡 벌어진 남자였다. "어머, 오빠!" 하고 부르는 은솔의 얼굴이 환해졌다. 네 살 위 진솔 언니에게도 툭하면 이름을 부르면서 피 한 방울 안 섞인 '어깨 깡패'에게 오빠라니.

"잘 못하지만 좋아해요. 그리고 저 다람쥐 어린이 수영 클럽 출신이에요!"

은솔의 발음 기관이 코에 있었던가. 저 코맹맹이는 무슨 일이람.

"진짜? 나는 다람쥐 탁구 클럽이었어."

인근 아이들 중 다람쥐 스포츠 클럽 회원들이 얼마나 많을 텐데 은솔은 어쩌면 이런 인연이 있냐며 박수까지 쳤다. 저 가증스러운 태도를 어쩜 좋아.

"수영 안 배운 지 꽤 됐나 보네. 언제 내가 수영 자세 좀 봐 줄게."

어서 가자고 일행이 재촉하자 '어깨 깡패'는 은솔에게 인사를 하고 떠났다. 저 애틋한 눈빛은 또 뭐냐고. 어깨 깡패의 뒷모습을 보던 은솔이 '오빠'의 정체를 밝혔다. 지난해 잠깐 다녔던 교회의 오빠란다. 그 교회를 두 달쯤 다녔으니 정말로 잠깐 알았던 오빠였다.

"체대 준비한다고 들었는데 진짜 열심히 하네."

겨우 3분 남짓 만났으면서 뭘 열심히 한다는 건지. 팩트를 지적하기도 전에 은솔이 다시 말을 꺼냈다.

"그리고 들었지? 나한테 수영 가르쳐 주겠다는 말."

같은 말을 들었는데 어찌 이런 해석이 가능한지 모르겠다. 누가 들어도 썩 가깝지 않은 지인과 나누는 마지막 인사 아닌가. 언제 밥 한번 먹자, 언제 차 한잔 마시자,처럼 미래 시점을 확정하지 않음으로써 책임도 면할 수 있는, 인정과 예의의 민족다운 'K 빈말' 아니냐고.

"저 오빠랑 수영하는 '언제'가 오지 않는다에 내 손모가지 건다."

"정말 손모가지 날아가 봐야 정신 차릴래? 하여튼 시베리아 벌판보다 더 삭막하다니까. 제발 믿음을 갖고 살자."

다이어트 결심보다 더 하찮고 성적보다 더 쉽게 배신하는 게 바로 사람의 마음이었다. 스치듯 날리는 가벼운 한마디를 어떻게 저리 쉽게 믿을 수 있는지. 뽀로로 안경만큼 진한 수경 자국이 남은 것도 모른 채 은솔은 교회 오빠 생각에 눈을 반짝였다.

내가 사포자라면 은솔은 금사빠였다.

"살인 사건의 대부분은 사랑 때문에 벌어지고 범인은 보통 배우자나 애인이란 통계가 있어. 사랑이 얼마나 위험한지 네가 아직 모르지?"

"진짜 모르는 건 너야. 애인이 있는 사람이 그렇지 않은 사람보다 스트레스 지수가 훨씬 적고 일에서도 월등히 좋은 성과를 낸다는 연구도 있거든."

은솔은 사랑 없는 세상을 생각하면 상상만으로도 슬퍼진다며 언제 어디서건 사랑을 찾았다. 며칠 전 아침에는 김이선이 건네준 초코 우유 하나에 세상을 다 얻은 듯 감동했다. 세상에, 까불이 이선의 행동에 가슴이 뛸 수 있다니.

"봤지? 오다 주웠다는 식으로 무심히 놓고 갔잖아. 이거 플러팅이지?"

그럼 우유를 책상 위에 놓지 바닥으로 팽개치니? 플러팅 중독자에겐 팩트가 필요했다.

"아니라는 데 손모가지 건다. 지금 편의점에서 원 플러스 원으로 팔거든."

샐쭉 삐진 표정을 짓던 은솔은 금방 얼굴을 풀었다.

"하나 더 생겼다고 그걸 아무한테나 주겠냐?"

등굣길에 만난 전수민에게 먼저 내밀었지만 다이어트 중인 수민이 거절해서 네 순서까지 왔다는 얘기는 은솔의 자존심을 생각해서 차마 꺼낼 수 없었다. 어느 영화에서 호의가 계속되면 권리인 줄 안다는 대사가 나왔다던데 그건 은솔에겐 해당 사항이 아니었다. 은솔은 한 번의 호의에도 사랑을 느끼는 아이였으니까. 이선이 사회 숙제를 보여 줬다고, 급식실에서 냅킨을 갖다 줬다고, 재밌는 유튜브 동영상을 공유했다고 자꾸만 사랑의 감정을 키워 갔다. 옆 반 최로사를 좋아한다는 정보를 입수하기 전까지 은솔은 며칠간 짝사랑의 설렘에 몸부림쳤다.

내가 까르보나라를 고를 때 은솔은 마라크림파스타를 주문했고, 내가 스릴러 영화를 보자 하면 은솔은 로맨스 영화를 추천했고, 내가 발라드를 들을 때 은솔은 힙합에 꽂혔다. 로또 번호보다 더 안 맞는 우리가 만난 곳은 다람쥐 어린이 수영 클럽이었다. 기억에 의하면 은솔은 처음으로 내 이름을 칭찬해 준 아이였다. 열이면 여덟 명이 도레미로 불렀던 내 이름을. 도미래, 이름 예쁘다! 정확한 발음으로 칭찬했다. 또 언젠가는 이렇게도 얘기했다.

"만약 네 이름이 도레미였으면 실망했을 거야. 너무 뻔해서."

아홉 살 아이의 입에서 나온 말이라고는 믿기지 않았다. 알고 보니 진솔 언니의 말을 그대로 따라 했던 거였지만. 어쨌든 은솔 덕분에 나는 혼동을 부르는 내 이름이 싫지 않아졌다. 아무 생각 없이 도레미라 부르는 사람들은 여전히 있지만.

인기 아이돌의 노래만 나오면 장소 가리지 않고 몸을 흔들고, 유행하는 쇼츠는 복사 버튼을 누른 것처럼 똑같이 흉내 내며, 수시로 사랑 타령을 입에 달고 살기에 아이들은 은솔이 유쾌하고 가벼운 아이라고 생각했다. 공짜로 나눠 주는 홍보용 휴지나 분식집 앞 자판기 음료처럼. 하지만 그건 은솔의 전체 모습 중에 겨우 십 퍼센트도 되지 않은 부분이었다. 은솔은 겉모습으로만 판단하기엔 아까울 정도로 착하고 정의로운 아이였다. 쿨한 척했지만 누구보다 예민했고 무심한 듯 굴면서 주변을 살뜰히 살폈다. 아침잠이 많은 은솔이 선뜻 수영을 같이 온 것도 요 며칠 격하게

요동쳤던 내 상태를 눈치 챘기 때문일 테다. 나도 편지 이야기를 털어놓을 사람은 은솔밖에 없었다.

"'나 무슨 일 생겼어요.' 하고 얼굴에 써 놓고 다니는데 그걸 어떻게 모르겠냐? 편지를 받았다고?"

만약 이 세상에 '도미래 고사'란 시험이 있다면 아마도 은솔이 1등을 차지할 거다. 은솔은 수영장을 나오자마자 손가락이 부러질 듯 내 옆구리를 찔러 댔고 결국 사실을 털어놓을 수밖에 없었다. 편지를 읽는 내내 은솔의 입에선 오 마이 갓 소리가 연달아 나왔다.

"어때? 장난은 아닌 것 같지?"

은솔에게 보여 주기 전까지 한참을 고민했었다. '이 편지는 영국에서 시작되어'로 운을 떼는 행운의 편지 같은 게 아닐까 싶어서. 나를 아는 누군가의 고약한 장난이면 어쩌나 하는 걱정에.

"당연하지. 누가 장난을 이렇게 번거롭고 정성스럽게 하겠냐?"

은솔이 프라하 소인이 찍힌 우표를 가리켰다. 하긴 이메일이나 디엠이 아닌 편지를 받아 본 것도 기억이 안 날 정도로 오랜만이었다. 은솔은 편지봉투를 물끄러미 들여다보았다.

"딱 봐도 한국인인데, 보낸 이가 라스카?"

"체코어로 '사랑'이란 뜻이래."

"대놓고 러브레터 티를 냈네. 그럼, 일단 주소를 좀 찍어 볼까?"

은솔이 구글 지도를 켜려는 걸 막고 대답했다.

"그것도 이미 찾아봤어. '아이 러브 프라하'라는 민박집이야."

"뭐야, 장난 의심했다더니 다 찾아봤네. 사포자 맞으셔요?"

은솔이 얼굴까지 들이밀며 놀려 댔다.

"그런 거 아니거든. 이름도 안 밝힌 사람이 우리 집 주소를 알고 있는데 당연히 의심스럽지. 어떻게 안 찾아봐?"

"그렇네. 하다못해 보이스 피싱도 검찰청이다, 경찰서다 밝히면서 시작한다는데 본인 이름도 안 밝히는 건 좀 별로다."

나의 변명을 쿨하게 넘긴 은솔은 민박집 상호명으로 검색을 시작했다. 내가 이미 조사한 대로 발신 주소가 있는 건물엔 한인 민박집이 영업 중이었다.

"그럼 민박집 아들이 보낸 건가? 설마 이것도 조사했어?"

부끄럽지만 그것도 벌써 알아낸 뒤였다. '아이 러브 프라하'로 인터넷을 뒤졌고 다행히 민박집 주인이 운영하는 블로그를 찾아냈다. 블로그에는 그날의 조식, 석식 메뉴 사진이 대부분이었지만 감사하게도 주인 소개 글도 있었다. 자신은 10여 년 전에 한국을 떠나 프라하에 자리를 잡았고 아이가 없는 딩크족 부부로 살고 있다고.

나는 민박집 사장님이 운영하는 블로그를 은솔에게 보여 줬다. 은솔이 사장님의 사연을 읽더니 난감한 표정을 지었다.

"딩크족이라……. 민박집 손님 중에 누군가가 보냈단 뜻인가?"

수긍하는 의미로 고개를 끄덕였다. 결국 '라스카'의 정체를 찾기 힘들다는 뜻이었고 은솔에게 보여 줘야 하나 고민했던 지점이기도 했다. 그래도 은솔에게 편지를 밝힌 건 우리 사이에 비밀은 없다는, 손가락 걸고 했던 어릴 적의 약속 때문이었다.

"용기 내서 고백하면서 이름을 안 밝히는 건 뭘까?"

금사빠 은솔에게도 라스카의 편지는 난감한 존재였는지 미간 사이에 주름이 졌다. 나에 대한 마음이 깊다면서 이름도 떳떳하게 못 밝히다니. 몰래 숨어서 지켜보는 염탐꾼 같단 생각이 들어 갑자기 불쾌해졌다. 어차피 누군지도 찾을 수 없다면? 괜히 마음 뒤숭숭하게 만들었던 편지를 찢어 버리려 하는데 2옥타브의 비명이 들렸다.

"안 돼!"

회원 소개: 모태 솔로

애매한 길이의 앞머리가 마음에 안 들어 조금만 다듬는다는 게 그만 숭덩 잘라 버렸다. 눈썹 위로 껑충 올라간 앞머리라니! 유명 웹툰에 나오는 멍청이 캐릭터와 다를 바 없었다. 오전 8시 9분, 어서 결정을 내려야 했다. 아침을 먹을지 머리를 손볼지.

"얼른 나와. 너 좋아하는 핫케이크 구웠어."

핫케이크? 이왕 망친 머리를 옆으로 넘긴들 뭐가 달라질까 싶어 아침으로 마음을 굳혔을 때, 음성 지원이 되는 것처럼 생생하게 떠오르는 목소리.

다이어트 중이라 배고프냐? 앞머리를 아주 야무지게도 뜯어 먹었네.

옳다구나 하며 놀릴 누군가를 생각하니 도저히 그냥 갈 수 없었고 드라이를 하느라 평소보다 늦어 버렸다.

죽을힘을 다해 뛰어야 간신히 지각을 면할까 싶은 오전 8시 32분. 나보다 겨우 5미터 앞에서 슬로우를 건 것처럼 느릿느릿 걸어가는 녀석은 영조다. 아까 머릿속에 떠오른 목소리의 주인공이자 나의 천적. 영조는 참 신기한 재주가 있는 아이였다. 뒷모습만 봐도 사람을 기분 나쁘게 만들 수 있는 재주.

녀석을 앞지르려는데 여느 날과는 다른 싸한 느낌이 들었다. 영조의 오른손에서 달랑거려야 할 신발주머니가 안 보였다. 실내화 주머니를 가방에 넣고 다니는 아이들과 달리 영조는 냄새를 가두기 싫다며 꼭 들고 다녔다. 아니나 다를까 뒤에서 영조를 애타게 부르는 목소리. 아들 둘보다 짐승 두 마리를 키우는 게 더 낫겠다고 말하는 영조 엄마였다. 6층 베란다에서 몸을 내밀고 목청껏 아들 이름을 부르고 있을 테다. 그런데 영조 녀석 이어폰이라도 꼈는지 큰소리에도 꼼짝을 안 했다. 영조야, 제발 뒤 좀 돌아봐라. 눈썰미 좋은 영조 엄마 때문에 내가 괜히 불안해졌다.

"미래야, 영조 신발주머니 좀 받아 줄래?"

아니나 다를까 기어이 영조 엄마의 호소가 터져 나왔다. 6층 높이에서, 똑같은 교복을 입은 아이들 속에서, 뒷모습만 보고 어떻게 나를 구별해 냈을까. 어마어마한 시력에 감탄이 절로 나왔지만 그와는 별개로 고민이 시작됐다. 뒤돌아서 아는 척을 하면 아줌마는 베란다에서 신발주머니를 던질 테고 내가 그걸 받아 영조에게 전해 주면 미션 클리어! 미래 같은 딸 하나만 있으면 소원이 없겠다는 아줌마를 생각하면 냉큼 고개를 돌려야 하는데, 아줌마의 아들을 생각하면 그럴 마음이 싹 사라졌다.

혹시 모를 알리바이를 위해 슬그머니 이어폰을 꼈다. 마음 같아서는 모른 척하고 싶었지만 그간의 의리로 영조의 어깨를 툭툭 쳤다. 영조가 무슨 볼일이냔 표정으로 이어폰을 뺐고 그제야 사태를 파악했다.

"영조야, 신발주머니!"

자신의 허전한 오른손을 확인하고 허둥지둥 집을 향해 달려가는 영조에게 메롱 혀를 내밀고 필사적으로 뛰어 8시 48분, 교문을 통과했다.

아침 조회가 끝난 뒤 지각 벌점 때문에 잔뜩 화난 영조가 내 자리로 찾아왔다.

"너 혹시 반려 쥐라도 키우냐? 앞머리를 아주 맛있게 파먹었네. 아닌가? 배고파서 셀프로 뜯어 먹었나? 틀린 말 한 것도 아닌데 왜 째려봐!"

오자마자 시비부터 걸다니, 어쩌면 이렇게 예상대로 구는지. 영조가 내 손바닥 위에서 놀고 있단 생각에 피식 웃음이 나왔다.

"기분 나쁘게 왜 웃어. 그리고 아까 일부러 못 들은 척했지?"

정답이라고 말할 수는 없으니 자연스러운 연기가 필요했다.

"그게 무슨 소리야?"

요것 봐라, 하는 눈빛. 나는 눈빛만 봐도 영조의 속을 읽을 수 있다. 그렇다면 억울한 표정으로 대응하는 수밖에. 속아라, 제발 속아라!

"너, 분명히 들었어. 그러니까 내 어깨를 쳤지?"

안 속았다. 결국 모른 척해야 했건만, 그놈의 의리가 문제였다.

"이어폰 끼고 있어서 아무 소리도 못 들었거든."

어깨까지 으쓱하며 정말 무슨 말을 하는지 알 수 없다는 듯 굴었다. 내가 생각해도 뛰어난 연기였다.

"우리 엄마가 체육복 받아 달라고 몇 번이나 말했다는데 그걸 못 들었다고? 네가 체육복만 받아 줬어도 지각 안 했거든!"

본인의 지각을 왜 내 탓으로 돌리는 거람. 영조는 여전히 분한지 씩씩거렸다. 심리 싸움에서는 먼저 흥분한 사람이 지는 법, 결국 승리는 내 몫이었다. 거기서 끝났어야 했는데 오지랖이 문제였다.

"체육복은 무슨! 신발주머니였거든."

내 말이 끝나자 씨익 웃는 영조. 아뿔싸! 영조의 잔꾀에 말려들고 말았다.

"이것 봐, 들었다니까."

나의 자백을 이끌어 낸 영조는 연장 역전골을 넣은 것 같은 표정을 지었다. 이번 싸움은 영조의 완벽한 승리였다. 영조의 농락에 넘어간 것이 분해 저절로 얼굴이 구겨졌다.

"표정 왜 그래? 누가 보면 실연이라도 당할 줄 알겠다. 그런데 너희 둘은 왜 서로 못 잡아먹어서 난리냐?"

옆에서 지켜보던 오주혜가 나를 이해할 수 없다는 듯이 고개를 저었다. 오랜 친구끼리 왜 이러는지 모르겠다면서.

친구는 가까이 적은 더 가까이. 영조와 나의 관계를 이보다 더 잘 설명할 수 있는 말은 없다. 영조는 나와 같이 다람쥐 어린이 수영 클럽의 회원이었다. 수영 클럽뿐만 아니라 같은 초등학교를 거쳐 지금은 같은 중학교에 다니고 있다. 같은 반도 다섯 번이나 했다. 집도 같은 아파트 단지였다. 은솔이 초등학교 5학년 때 아빠의 근무지 변경으로 전학을 갔다 중학교 입학 후 돌아온 것에 비해 영조는 줄곧 내 옆에 붙어 있었다. 인정하기 싫지만 영조는 무려 10년 이상을 내 인생 곳곳에 출몰하고 있는 주요 인물이었다. 하도 지긋지긋하게 붙어 있어 '지긋이'라 부를 정도로.

"이쯤 되면 천생연분 아니니?"

주혜가 이 말을 했을 때 나는 무좀, 변비, 내성발톱, 똥방구, 비듬, 여드름, 알러지, 거스러미 따위의 지저분한 저주를 퍼부었다. 천생연분이라니? 돌아가신 고조할머니가 무덤에서 벌떡 일어나 통탄할 말이었다.

"농담한 건데 뭘 그렇게 질색하나?"

친구? 가까이 산다고, 같은 반을 했다고, 다 친구인가? 영조와 나는 MBTI, 식성, 성격, 취미, 패션, 이상형까지 뭐 하나 맞는 것이 없었다.

"그렇게 따지면 은솔이랑도 잘 안 맞잖아?"

틀린 말은 아니었다. 그런데 얘는 뭘 이렇게 꼬치꼬치 따지는 거야.

"그거랑 같냐?"

괜히 주혜에게 짜증을 내 버렸다. 뭐가 다른지 모르겠다고 따지는 주혜 때문에 할 수 없이 비밀의 일부를 털어놓았다. 누가 들을까 작은 목소리로.

"영조랑은 가까이 지낼 수 없는 그런 게 있어."

"그게 뭔데?"

주혜는 더 작은 목소리로 물었다. 집요한 호기심하고는.

"아, 그런 게 있다니까!"

내가 버럭 화를 내자 주혜가 입을 삐죽거리며 자리를 떴다.

영조와 나 사이에는 분명 '그런 게' 존재했다. 말로 설명하기도 애매한 '그런 게'.

궁금한 건 못 참는 주혜가 다시 돌아오더니 이번엔 자신이 분석한 걸 진지하게 설명했다.

"뭔지 알 것 같아. 어릴 때 친구라도 커 가면서 조금씩 어색해지잖아. 아무래도 이성이니까. 왜, 사회 시간에도 배웠잖아. '남녀칠세부동석'. 내 말이 맞지?"

나는 일곱 살부터 몸이 훤히 드러나는 수영복을 입고 영조와 수영 강습을 받았다. 그런데 남녀칠세부동석이라니? 그렇지만 아주 틀린 말도 아니었다. 항상 내려다보곤 했던 녀석이 어느 날 키가 훌쩍 커져 있고 목소리도 굵어지면서 어라, 이 녀석이 남자였네, 느꼈던 적도 있으니까.

"그래, 맞아."

포기한 듯 대답했고 주혜는 직소 퍼즐의 잃어버린 한 조각을 찾은 것처럼 홀가분한 얼굴로 돌아갔다. 애써 찾은 퍼즐이 제자리에 들어맞지 않는다는 것도 모른 채.

주혜의 호기심 때문이 아니라도 영조와 함께했던 시간을 떠올리며 '그런 게'를 몇 개의 단어로 정의해 본 적이 있었다. 친구, 호감, 경쟁, 오해, 화해, 앙금, 불화, 재회, 전쟁, 원수 등으로. 영조와는 친하게 지내다 싸웠고, 싸운 후에 화해했다 또 싸우고 푸는 과정을 다 겪었다. 아름답게 포장했지만 사실 그 지난한 과정을 뭉뚱그릴 수 있는 단어는 딱 하나였다. 흑역사.

영조는 나에 대해 많은 걸 알고 있었다. 그것도 지나칠 정도로. 여덟 살까지 밤에 실수를 했던 것도, 수영복이 찢어져 엉덩이가 불시에 노출됐던 것도, 두발자전거를 타다 넘어져 무릎에 흉이 남은 것도, 수학경시대회에서 48점을 받은 것도, 점수를 조작하다 엄마에게 걸려 막대자로 손바닥을 맞은 것도, 같은 반 남자아이에게 고백했다 그 자리에서 차인 사실까지.

'어디 가서 이 얘기 하면 내 손에 죽을 줄 알아!'

마지막 사건은 정말 죽고 싶을 만큼 수치스러웠다. 영조에게 협박 문자를 보냈을 정도로. 그러니까 영조는 내 흑역사의 목격자이자 증인이었다. 이런 구질구질한 사연을 '그런 게'가 아니면 무엇으로 설명할 수 있을까?

"엄청 또박또박 썼네. 글씨체를 감추려 정자체로 썼겠지? 그런데 분명 어디서 본 것 같단 말이야."

은솔이 편지를 이 방향 저 방향으로 돌려 보며 고개를 갸웃거렸다.

"이거 영조한테 한번 보여 줄까? 남자애들 글씨를 좀 알지 않을까?"

은솔이 말도 안 되는 제안을 했다. 사건의 주요 증거를 훼손할 수 없다며 편지를 빼앗은 것까지는 인정. 그래도 내 문제를 왜 제가 주인공인 듯 설치는 거야?

"넌 무슨 말을 그렇게 섭섭하게 하니? 네 문제는 내 문제고, 내 문제는 네 문제지."

은솔은 라스카 편지 역시 자신의 문제라는 이유로 전횡을 행사하는 중이었다. 그래도 영조를 끌어들이는 짓은 절대 할 수 없었다.

"미쳤어? 아마 영조는 편지를 보여 줘도 자작극이라면서 믿지 않을걸. 무엇보다 영조가 뭘 알겠냐?"

"하긴 모솔한테 무슨 기대를 하겠냐."

은솔이 말을 하다 화들짝 놀라며 내 눈치를 봤다.

"미안, 절대 너 얘기 아니다."

자발적인 사포자를 타의적인 모솔과 비교하는 건 너무 억울했다.

"그런데 말이야, 영조 가끔씩 뭔가 있는 것처럼 굴잖아. 혹시 우리가 모르는 연애사라도 있는 거 아닐까?"

얘가 어쩌다 이렇게 감이 떨어졌지.

"은솔아, 우리 할머니가 제일 좋아했던 노래가 뭔지 알아? '사랑은 아무나 하나'야. 그 노래 안에 삶의 지혜가 담겨 있다고 하셨거든. 사랑, 아무나 하는 거 아니다."

내 말에 은솔도 맞네, 하며 고개를 끄덕였다. 할머니의 애창곡 노래 가사처럼 사랑은 아무나 하는 게 아니었다. 아무나 하더라도 영조는 절대로 아니었다.

은솔이 영조의 과거를 의심하는 건 얼마 전 급식 시간에 있었던 일 때문이었다. 먼저 말을 꺼낸 건 반장 이채림이었다. 같은 학원 다니는 후배가 모태 솔로의 정의에 대해 물어봤다면서.

"썸은 몇 번 있었는데 연애는 없었대. 그런데도 자기는 모솔이 아니라는 거야."

채림의 말에 테이블에 있던 아이들 의견이 나뉘었다.

"모솔은 한 번도 연애를 못 해 본 사람을 뜻하잖아. 연애를 안 했다면 당연히 모솔이지."

이선의 말에 은솔이 반기를 들었다.

"아니지. 썸은 연애의 전 단계잖아. 썸이 있었는데 모솔이라고 하면 억울하지."

은솔의 논리에 반대 의견을 말한 건 주혜였다.

"썸이 전부 연애로 이어지진 않잖아. 그러니까 썸과 연애는 완전히 다른 거고 후배는 모솔이 맞지."

주혜의 얘기를 듣다 보니 문득 궁금증이 생겼다.

"썸이 연애와 별개라면 두 사람과 동시에 썸을 타는 것도 괜찮겠네?"

"에이, 그건 안 되지."

내 말이 끝나기 무섭게 주혜가 발끈했다.

"왜 안 돼? 썸과 연애가 다른 거라면 그것도 괜찮아야지."

은솔도 참지 않았다. 주혜와 은솔이 썸과 연애에 대해 숟가락까지 내려놓고 논쟁을 벌였고 결국 참다못한 영조가 한마디 했다.

"그거 구분해서 뭐 하게. 그냥 밥이나 먹어."

오징어볶음을 한가득 입안에 집어넣는 영조를 향해 은솔과 주혜가 동시에 외쳤다.

"모솔은 빠져!"

아이들의 놀림에도 오징어볶음을 오물오물 씹어 삼킨 영조가 느긋하게 말했다.

"썸은 연애를 시작할지 안 할지 부정확한 상태잖아. 그럼, 고백은 어때? 고백은 받은 사람만 오케이하면 바로 연애가 시작되잖아. 오히려 썸보다 연애에 더 가까운 거 아닌가? 그러면 난 모솔이 아니야."

"그게 무슨 뜻이야? 네가 고백을 받았다는 거야? 언제?"

이선이 숟가락을 든 채 굳어 버렸다. 믿었던 애인에게 배신당한 얼굴이었다.

"노코멘트!"

영조의 천적 은솔이 영조의 표정을 살피더니 피식 웃었다.

"얘가 역사 왜곡이 얼마나 심각한 범죄인지 모르나 보네. 너, 검증할 수 없다고 아무 말이나 막 하면 안 된다."

다양한 호기심과 촘촘한 인간관계로 학교 안팎의 소문에 빠삭한 주혜는 영조가 고백을 받았다면 자신이 모를 리 없다며 장담했다.

"모솔 아니란 증거를 대 봐. 거짓말이지?"

정신을 차린 이선도 영조에 대한 공격을 멈추지 않았다.

"니들 맘대로 생각해."

아이들의 놀림에도 영조는 의미심장한 미소를 지었다. 음흉한 녀석, 왜 저러는 거람. 영조가 고백을 받았든 안 받았든 나는 전혀 궁금하지 않았다. 다만 내가 궁금한 건 채림이었다. 영조 말을 들은 채림의 얼굴이 흐려지는 이유가.

라스카

주말 밤, 라스카의 정체를 밝히겠다며 은솔이 찾아왔다. 심야 잠복근무를 서는 강력계 형사의 마음이라는 말과 달리 옷차림은 루피가 그려진 잠옷이었다. 뭐, 위장 수사도 있으니까.

"라스카가 사랑이라 그랬지? 사랑이 러브레터를 보낸 거였네. 그런데 이 편지 네가 구겼어?"

편지는 처음 받을 때부터 꾸깃꾸깃한 상태였다. 배달 과정에서 이 정도로 구겨질 리는 없으니 처음부터 그랬을 가능성이 높았다. 장난이 아닐까 의심했던 것도 그런 이유였다. 좋아하는 사람에게 구겨진 편지를 보내는 건 무슨 마음일까?

구겨진 편지라, 혼잣말하던 은솔이 갑자기 박수를 쳤다.

"망설임이야. 구겨서 버리려고 했다가 마지막에 마음을 바꾼 거지. 이 뜨거운 고민과 진심! 이걸 어떻게 무시해? 반드시 라스카를 찾는다에 내 전 재산을 건다!"

받는 족족 써 버려 진솔 언니에게 굽신거리며 돈을 빌리는 은솔의 전 재산은 전혀 탐나지 않았다.

구겨진 편지를 다시 봤다. 망설임을 알아 달라고 일부러 구겨진 채로 보낸 건가? 아니면 그냥 귀찮았던 걸까? 어느 쪽으로 생각해도 어색하지 않았다.

"그런데 본인이 감춘 걸 굳이 밝혀야 돼? 그냥 덮는 게 맞지 않을까?"

"아니지, 라스카는 우리가 찾아내 주길 바라는 거야. 결국 편지를 보냈잖아."

구겨진 편지만큼 고민스러운 건 마지막 문장이었다. '한국에 돌아가면 너를 만나서……'.

"만나서 뭘 하겠다는 뜻일까? 용기를 냈으면서 왜 마무리를 안 지었을까?"

말줄임표 속에 담긴 수없이 많은 의미 중 어느 것이 라스카의 진심일까……. 은솔은 역시 주관식 문제는 어렵다면서 머릿속에 생각난 단어를 하나씩 뱉었다.

"고백? 이건 편지를 보낸 걸로 끝났으니 아닌 것 같고. 악수? 이건 너무 싱겁고. 포옹? 허그?"

로맨틱 코미디라도 찍는 것처럼 폭주하는 은솔을 말리려는데 기어이 그 말이 나왔다.

"키스네! 키스가 정답이야."

아무도 보는 사람이 없건만 주위를 둘러본 뒤 은솔에게 베개를 던졌다. 미친 거 아니냐면서. 은솔은 베개를 맞고도 뭐가 재밌는지 한참을 키득거렸다. 역시 친구 놀리는 맛에 사는 고약한 인간 2호다웠다. 1호야 당연히 나의 원수 영조이고.

내가 정색하고 노려보자 은솔은 그제야 웃음을 그치며 중간고사 시험 문제를 풀 때보다 집중해서 편지를 읽었다.

"국어 선생님이 그랬잖아. 모든 정답은 지문 속에 있다고. 분명 편지글 속에 힌트가 있을 거야."

은솔이 사뭇 비장한 표정으로 편지의 한 부분을 지적했다.

"우선 라스카는 네가 프라하에 간 적 없다는 걸 알고 있어. '나중에 여기를 오면'이라고 돼 있잖아."

강력계 형사까지는 기대도 하지 않았지만 수사의 시작부터 너무 깼다. 은솔의 국어 점수가 왜 낮은지를 바로 이해했다.

"상식적으로 열다섯 살에 프라하를 안 가 본 사람이 더 많지 않을까?"

합리적 추론을 얘기했지만 은솔은 듣지도 않았다.

"진짜 중요한 힌트는 이거야. 라스카는 너와 아주 가까운 곳에 있는 사람이야. 펜을 돌리는 습관도, 가방에 키링을 단 것도, 당근을 안 먹는 것도 알고 있으니까. 무엇보다 마지막 부분, 지금보다 어색해질까 봐 걱정이라고 했잖아. 편지를 쓰는 시점에서 너를 알고 있단 뜻이지."

비장한 표정에 비해 결론은 허무했다. 거기까진 나도 생각했으니까.

"잠깐만, 나 얼마 전부터 당근라페 먹잖아."

다이어트와 좁쌀 여드름 퇴치에 좋다고 해서 억지로 당근라페를 먹기 시작했다. 그게 언제부터였더라. 겨울 방학 때부터니까 당근라페를 먹기 시작한 건 세 달 전이었다. 그런데 라스카는 내가 당근을 먹는 걸 모르고 있다?

"편지를 받은 건 3월 28일이었어. 항공 우편임을 감안해서 시간을 여유 있게 잡아도 이 편지는 3월 초에 발송됐을 테고 그때는 내가 당근라페를 먹고 있을 때야."

타임라인으로 라스카의 정체를 밝히려고 했는데 뒤죽박죽 엉망이 된 느낌이었다.

"그렇게 생각하면 안 되지. 너는 집에서만 당근라페를 먹잖아. 밖에서는 여전히 당근 안 먹고. 무엇보다 네가 당근라페 먹는 거 아는 애가 얼마나 있으려고."

돌려 말했지만 미미한 내 존재감을 생각하면 은솔 말이 맞았다. 아직도 열 명 중 세 명쯤은 나를 도레미라 부르니까. 당근라페 먹는 걸 아는 사람도 은솔 말고는 주혜나 영조 정도였다.

"처음부터 하나씩 살펴보자. 우선 라스카는 너를 수업 시간에 본 적이 있어. 아마 학교나 학원 수업이겠지. 그렇다면 라스카가 학생이라는 건데 학생이 외국에 나갈 수 있는 방법은 이민, 유학, 여행밖에 없겠지. 그리고 여행을 간다면 방학 기간이 유력해. 그러니까 이 편지는 겨울 방학 때 썼을 확률이 커."

편지 속에 날짜는 없었다. 그런데 겨울 방학 때 썼다면 왜 3월 말에 편지를 받게 됐을까? 한참을 궁리하던 은솔이 한 가지 아이디어를 냈다.

"느린 우체통, 뭐 그런 게 아닐까? 관광지 가면 가끔 하는 이벤트잖아. 그러니까 이 편지도 지연 발송 방법을 쓴 거지. 철저하게 자신의 정체를 숨기려고."

지연 발송이라고? 은솔의 말대로라면 제법 고단수였다. 라스카와 보이지 않는 두뇌 싸움을 하는 느낌이었고 어쩐지 우리가 밀리는 상황 같았다.

전열을 가다듬기 위함인지 방을 나간 은솔이 주스와 과자를 챙겨 왔다. 진솔 언니와 싸우면 자주 자고 가는 은솔은 우리 집 냉장고와 싱크대를 뒤지는 게 익숙했다. 초콜릿으로 범벅된 과자를 먹으면서 은솔은 또 편지를 읽었다.

"……아참, 백팩 옆에서 달랑거리던 인형은 발랄한 네 모습 같았어. 라스카 군 때문에 미치겠다. 눈이 완전 하트로 덮였네. 너를 인형이랑 비교하고."

편지를 읽던 은솔이 킥킥댔고 나도 따라 웃었다. 그러다 과속

방지턱에 걸린 것처럼 뭔가 덜컥하는 느낌이 들었다.

"인형처럼 발랄하다는 말 이상하지 않아?"

"발랄? 물론 네가 발랄한 이미지는 아니지. 그렇지만 사랑에 빠지면 흉터도 보조개로 보인다잖아."

은솔이 놀림거리를 찾은 듯 내 어깨를 치면서 발랄, 발랄 하며 노래를 불렀다. 하는 수 없이 내 가방을 은솔 눈앞에 들이밀었다. 백팩 옆에는 갈색머리에 알록달록한 셔츠와 데님 점프수트를 입은 인형이 대롱거리고 있었다. 귀여운 옷차림에 어울리지 않게 얼굴에는 흉터도 있는.

"처키잖아. 좋아하는 여자를 처키와 비교하는 건 좀 아니지 않아?"

은솔은 그제야 백팩에 달린 처키 키링을 확인했다.

"개인의 취향이라 해도 처키를 발랄하다고 보긴 힘들지."

그러면서 한마디를 더 보탰다. 누군가 자신에게 처키 같다고 하면 참지 않고 싸다구를 날릴 거라고.

"사이코패스도 아니고 좋아하는 여자한테 처키를 들이대? 갑자기 정나미가 확 떨어진다. 이런 취향이라면 그냥 포기하자."

지쳤다는 듯 은솔이 침대에 벌렁 드러누웠다. 은솔 옆에 눕고 나서야 냉정한 판단이 들었다. 처음부터 뭔가 말이 안 됐다. 나에게 고백이라니, 그것도 멀리 프라하에서.

구겨진 편지부터 알아봤어야 하는데……. 짓궂은 장난에 놀아난 것 같아 기분이 몹시 상했다. 벌떡 일어나 가방에 매달린 처키 키링을 빼서 방구석으로 던졌다. 처키가 구석에 나동그라진 것과 동시에 은솔이 벌떡 일어나 박수를 쳤다.

"아! 처키가 아니었어. 그로밋이야. 그로밋 인형 잃어버려서 내가 처키를 사 줬잖아."

주말 저녁 아이돌 콘서트를 갔다가 돌아오던 길이었다. 콘서트가 늦게 끝난 탓에 막차에 몰린 인파가 어마어마했고 이러다 햄버거 패티처럼 납작해지겠구나 싶을 때 환승역에서 겨우 내릴 수 있었다. 콘서트에서 산 굿즈가 망가졌나 걱정되는 마음에 가방을 열다가 알았다. 백팩 옆에서 달랑거렸던 그로밋 인형 키링이 사라졌다는 사실을. 마음에 드는 캐릭터였기에 계절별로 다른 옷을 입혔고 가끔은 안경이나 카메라, 손가방 같은 액세서리로 꾸며 주곤 했었기에 더 속상했다. 낙담한 나를 위해서 은솔이 다시 사 준 키링이 처키였다.

"라스카는 그로밋을 달고 있을 때 만난 아이야."

그로밋이라면 '발랄'이랑도 어울렸다. 시간을 되돌려 보니 그로밋을 잃어버린 것도 겨울 방학 때였다.

"2학년 겨울 방학, 그리고 프라하. 이 두 가지 단서면 라스카를 찾을 수도 있겠어."

다시 활기를 찾은 은솔이 히죽 웃으며 하이파이브를 하자는 듯 손을 내밀었다.

해피 실연 클럽

칠판에 a와 b, 그리고 x가 섞인 수식을 쓴 뒤 수학 선생님이 침을 튀겨 가며 다항식을 설명했다. 선생님은 평소에도 "수학이 국력이다."라는 다소 과격한 주장을 펼치곤 했는데 사실 그 말은 나폴레옹의 말이라고 한다. 포병 장교였던 나폴레옹은 대포를 쏘기 전 강 너비를 구하기 위해 피타고라스 정리를 썼으며 포탄이 날아갈 방향을 예측하기 위해 포물선 방정식을 사용했다면서. 선생님은 나폴레옹이 수학을 못했으면 프랑스의 황제가 되어 세상을 정복할 수 있었겠냐며 그의 치적을 강조했다.

세계를 정복하고 싶은 욕망은 눈곱만큼도 없지만 설명이 끝난후 칠판 앞으로 아이들을 불러 문제를 풀게 하는 선생님의 루틴을 알기에 한마디도 놓치지 않으려 집중했다. 먼저 제곱으로 묶인 괄호를 풀고……. 설명을 듣다 무심히 눈을 아래로 향했을 때

손가락에 샤프를 끼운 채 돌리고 있단 걸 알았다. 너무 익숙해서 하면서도 하는 줄 모르는 습관.

라스카는 이 습관을 알고 있었다. 만약 라스카가 여기 있다면? 급하게 주위를 둘러보다 고동환과 눈이 마주쳤다. 설마 고동환? 놀랄 사이도 없이 동환이 고개를 돌렸다. 뭐지, 내 시선을 느끼고 피한 건가?

동환을 흘깃거리는 동안 어느새 오전 수업이 끝났고 순간 이동을 한 것처럼 급식실에 앉아 있었다. 급식판을 받아 온 은솔이 옆을 좀 보라며 눈짓을 했다. 제육볶음을 산처럼 쌓은 채 밥을 먹고 있는 주혜를. 다이어트 중인 주혜에겐 드문, 아니 한 번도 못 본 모습이었다. 그나저나 주혜가 왜 우리 테이블에 앉아 있는 거지? 주혜는 며칠 전까지 호진과 둘이서 점심을 먹었는데. 주혜와 호진은 우리 반 공식 커플이었다.

"호빵아, 많이 먹어."

"쥬쥬도 어서 먹어."

두 사람은 차마 입에 담기 부끄러운 별명으로 서로를 불렀고 키링이나 그립톡, 후드티 같은 커플 아이템을 자랑하며 SNS 프로필에도 +84 같은 표시로 대놓고 연애 중임을 드러냈다. 박호진 성격상 죽어도 못 할 짓들을 하고 있는 건 아마도 여자 친구 주혜의 영향 탓일 테다.

"싸웠대?"

"아니. 헤어졌대."

주혜를 생각하면 그러면 안 되지만 헤어졌다는 은솔의 말에 어쩐지 고개가 끄덕여졌다. 깍지 안에 나란히 자리한 완두콩처럼 꼭 붙어 다니는 두 사람을 보면서도 잘 어울린다는 생각은 들지 않았다. 짜장면 옆에 단무지 대신 콩나물무침을 놓은 것 같은 느낌이랄까.

호진은 전형적인 모범생이라는 말에 딱 어울리는 아이였다. 단정한 헤어스타일과 교복, 말끔히 닦인 뿔테 안경, 청결한 손과 거스러미 하나 없는 손톱에 은은하게 풍기는 의류 방향제 냄새까지. 상위권의 성적에 각종 경시대회에서 상을 받을 만큼 재능도 많았다. 17 대 1로 싸워도 이길 수 있다고 허세를 부리는 또래 남자애들과 다르게 자신은 1이 아니라 17에 속할 것 같다며 씨익 웃는 것도 호진만의 매력이었다. 완벽해 보이는 호진의 단점은 모범생들의 흔한 특징인 '노잼'이었다. 무슨 말을 해도 호진의 입에서 나오면 교양서적의 어휘처럼 재미없고 교장 선생님의 훈화처럼 지루했다.

그런 호진의 단점은 주혜를 만나면서 감춰졌다. 주혜는 달콤하고 말랑한 입자로 만들어진 것 같은 아이였다. 주혜 옆에 있는 것만으로도 누구든 유쾌하고 화사해졌다.

"호빵이가 돌잔치 때 뭐 잡았게?"

마이크, 연필, 돈, 청진기 따위로 시끄러운 친구들의 말을 듣던 주혜가 아니라며 고개를 흔들었다.

"내 심장!"

이선이 우웩, 하며 구토하는 시늉을 했지만 이상하게 주혜가 하면 주접스러운 말도 귀엽고 상큼하게 느껴졌다. 주혜는 누구와도 쉽게 이야기를 나눴고 그래서 학교의 모든 정보와 소문에 빠삭했다. 반장 채림이 수학 학원을 끊고 과외를 시작한 사실부터 3학년 프린스 양준모가 한 학년 아래 후배에게 플러팅을 했다는 소문까지, 학교 안팎으로 모르는 것이 없었다. 은솔이 인정한 제일의 정보통이었다.

하지만 장점만큼이나 단점도 명확했다. 올라간 눈꼬리와 뾰족한 하관으로 인해 이지적으로 보이는 외모와 달리 주혜는 온갖 음모론과 비과학을 맹신했다. 아침 등굣길에 같은 카페 컵 홀더를 든 모습을 보고 담임과 사회 쌤이 사귀는 것 아니냐는 황당한 추측을 했고 이제는 전국민이 다 아는 딸기우유 괴담도 여전히 실천 중이었다. 매일 두 팩씩 마시면서.

"앞으로도 딸기우유 프로젝트는 포기할 생각이 없단 거지?"

"내 친구 사촌 언니가 직접 경험했다니까 그러네."

주혜가 그동안 마신 딸기우유의 양만으로도 이미 기네스북에 올라갈 정도의 가슴 사이즈는 돼야 했다. 친구 사촌 언니까지 갈 필요도 없이 실험의 결과가 뻔히 보였건만 주혜는 단호했고 호진은 그 말에 귀여워 죽겠다는 듯 미소를 짓곤 했었다.

무논리와 비과학을 이겨 낸 사랑은 어쩌다 깨졌을까? 주혜가 들을까 싶어 왜,라고 입 모양으로 물었다.

"호진이가 바람피웠대."

"바람?"

급하게 입을 막았지만 주변을 의식하고 있던 주혜의 청력 범위를 벗어날 수는 없었다.

"다 들리거든."

주혜 말에 동환이 속 시원하다는 듯 큰 목소리로 말했다.

"호진이 얘기도 안 들어 봤다며. 일단 얘기는 들어 보고 헤어지든 말든 해야지."

"무슨 얘기를 들어. 나 몰래 다른 여자 만났으면 무조건 바람이지."

호진과 알콩달콩할 때의 주혜가 말랑 젤리라면 지금은 온몸에 가시가 돋힌 고슴도치 같았고 바짝 털을 세운 주혜가 동환을 일방적으로 몰아붙였다. 남자라고 호진이 편을 드는 거냐면서, 그럴 거면 호진이 테이블로 가라고 밀기까지 했다. 그러고 보니 옆 테이블 호진이 주위로 영조와 이선이 보였다. 묘하게 남녀로 갈라진 모양이었다. 그렇다면 동환은 왜 여기에 있지?

내 눈에 이상해 보이는 사실을 눈치 백단 주혜가 못 알아차릴리 없었다. 아니나 다를까 주혜의 시선이 동환에게 향하는 순간 동환은 남자 테이블을 향해 고개를 흔들었다. 마치 미션을 실패했다는 신호를 보내듯이.

"너 뭐야? 호진이 스파이야?"

주혜의 날카로운 말에 동환이 얼굴까지 붉어지며 펄쩍 뛰었다. 자신은 스파이가 아니라고, 굳이 말하자면 평화 사절단이라고.

"내 마음을 이렇게 지옥으로 만들어 놨으면서 평화 사절단 좋아하시네."

주혜는 한눈파는 남자를 용서할 마음은 개미 똥구멍만큼도 없다면서 동환을 잡아먹을 듯이 노려봤다. 주혜가 씩씩거리자 동환은 주혜 눈치를 살폈지만 스스로 평화 사절단이라 말해 놓은 처지에 남자 아이들 테이블로 옮길 수도 없어 좋아하는 제육볶음은 입에 대지도 못한 채 어쩔 줄 몰라 했다. 불편한 자리를 정리한 건 역시 분위기 메이커 은솔이었다.

"아무튼 신입 멤버에게 환영의 박수!"

얼결에 나도 박수를 쳤고 주혜도 마지못해 고개를 까딱했다.

남자 친구가 바람피웠다고 붉으락푸르락하는 주혜에게 환영의 박수를 보내는 이상한 모임의 정체는 바로 '해피 실연 클럽'이다.

은솔은 쉽게 사랑에 빠지는 만큼 쉽게 끝났다. 사소한 호의를 플러팅으로 착각해 곧장 고백했고 은솔의 고백에 놀란 상대방은 보통 오해하게 해서 미안하다, 내 마음은 그렇지 않다며 완곡히 거절했다. 타오르지도 못한 장작불이 느닷없이 내린 소나기에 피 시식 꺼지는 것처럼 은솔의 사랑도 허무하게 끝나곤 했다. 사실 끝난 게 아니라 열에 아홉은 은솔이 차였다. '해피 실연 클럽'은 자신의 수많은 연애 경험을 살려 은솔이 직접 강령과 규칙을 만 든 모임이었다.

은솔의 첫 실연 고백을 들었을 때 나는 어떻게 위로를 건네야 할 지 몰라 우왕좌왕했다. 축 처진 어깨와 풀 죽은 표정은 어떤 말도 소용없어 보였다. 은솔이 제일 좋아하는 떡볶이를 포장해 집 앞 으로 찾아가서야 문을 안 열어 줄 수도 있겠구나 하는 생각이 들 었다. 분명 눈이 붓도록 울었을 텐데 아무리 친구라도 그런 흉한 모습을 들키기 싫겠지. 집 앞에 떡볶이를 놓고 가겠다고 문자를 보낸 후 엘리베이터를 누르는데 현관문이 열렸고 은솔이 나왔다.

"여기까지 왔으면서 왜 가는 거야? 같이 먹어야 맛있지."

세상에, 은솔은 너무 멀쩡했다. 혹시 자존심 때문에 아무렇지 않은 척하나 싶어 조심스레 물었다.

"내 앞에선 괜찮아. 울어도 돼."

내 말에 은솔은 놀라서 눈을 동그랗게 뜨며 되물었다.

"왜 울어야 되는데. 실연이 뭐 그리 큰일이라고."

그제야 은솔의 범상치 않은 연애관을 알게 됐다. 은솔은 연애도 연습이 필요하다고 말했다. 내가 어떤 사람을 좋아하는지, 무엇에 끌리는지를 알아야 한다고. 진정한 사랑을 찾기 위해서는 실연이 필수라면서.

"물론 기분이야 꿀꿀하지. 그런데 네가 이렇게 떡볶이까지 사 와서 위로해 주니 차였다는 쪽팔림도 다 잊고 진짜 괜찮아졌어."

순간 은솔의 눈이 반짝였다. 무슨 일을 저지를 듯이. 은솔은 그렇게 떡볶이를 먹다가 '해피 실연 클럽'의 아이디어를 얻어 행동파답게 즉시 모임을 만들었고, 그 후 제법 많은 아이들이 가입과 탈퇴를 반복했다. 우스워 보이겠지만 실연의 아픔을 겪는 친구들을 위한 테라피 코스도 나름 잘 짜여 있었다. 뭐 그래 봤자 매운 떡볶이 내지는 마라탕을 먹거나 코인 노래방을 가거나 인생 네 컷 사진을 찍는 정도였지만.

그런데 이 테라피 과정의 효과는 꽤 확실했다. 당장에 혀가 끊어지고 식도가 타들어 갈 듯 매운 음식을 먹는데 상처 입은 가슴이 대수일까. 부스 가득 들어찬 아이들 틈에서 얼굴이 나오게, 거기다 다른 아이들보다 작게 나오는 미션을 수행해야 하는데 헤어진 전 남친 따위가 생각날까. 나는 실연 테라피 코스를 거친 아이들을 여럿 봤었다. 한여름 개처럼 혀를 늘어뜨린 채 헥헥거리면서, 좁은 부스 안에서 몸싸움을 벌이면서 아이들은 모두 웃고 있었다. 거짓말처럼 행복한 얼굴로.

❦ 해피 실연 클럽 강령 ❦

1. 실연은 행복한 이벤트다.

2. 실연은 새로운 사랑을 준비하는 과정이다.

3. 실연은 나를 성장시키는 인생의 영양제다.

4. 실연은 일타 강사 안 부러운 연애 실전 강의다.

5. 실연은 최고의 다이어트다.

6. 실연은 용돈 절약의 기회다.

7. 실연은 성적 향상의 찬스다.

8. 실연은 디지털 디톡스 시간이다.

9. 실연은 우정의 가치를 발견하는 계기다.

10. 실연은 인생이란 대하 드라마의 한 에피소드일 뿐이다.

❦ 세부 행동 규칙 ❦

1. 헤어진 연인을 만났을 때 담담하게 대한다.

2. 실연 따윈 없었던 것처럼 행복한 척한다.

3. 프사는 이발 부자 사진으로 바꾼다.

4. 전 남친/여친에게 준 고가의 선물은 반드시 돌려받는다.

5. 전 남친/여친이 싫어하는 사람들과 가까이 지낸다(뒷담화 환경 조성).

6. 전 남친/여친의 SNS를 뒤지지 않는다(뒤질 때에는 반드시 부계정으로).

7. 다가오는 인연을 절대 막지 않는다.

8. 설령 그 인연이 전 남친/여친이라 할지라도.

9. 그러므로 전 남친/여친과의 사진은 삭제하지 않고 따로 보관한다.

10. 재사용 가능성을 고려해 커플 아이템은 버리지 않는다.

로망은 백마 탄 왕자

'청설모'에서 와인 한 잔을 마셨다는 엄마 얼굴이 발그레했다. '청설모'는 다람쥐 어린이 수영 클럽의 부모 모임이다. 수영장을 오가는 셔틀버스가 있었지만 유치원생인 아이의 수영복을 입고 벗기는 일부터 샤워까지 손 가는 일이 많아 강습 시간 내내 부모님이 보호자 대기실에 함께 있어야 했고 그런 이유로 친분이 생겼다. 나는 할머니가 그 일을 대신 해 주셨다.

초등학교에 들어가서는 주말 수영 대회에 부모님들이 따라왔다. 엄마도 그때 다른 분들과 인사를 나눴다. 수영장 관중석에서 사람들과 거리를 두고 앉아 겸연쩍은 웃음을 지으면서.

"미래가 엄마를 많이 닮았네요. 이쪽으로 와서 앉으세요."

쑥스러워하는 엄마를 옆자리로 부르면서 관계의 거리를 줄인 사람은 은솔 엄마였다. 그날 은솔 엄마는 제법 솔깃한 의견도 제

시했다. 앞으로도 수영 대회를 자주 참가할 텐데 그럴 때마다 부모들이 다 올 필요는 없지 않겠냐고, 번갈아 아이들의 픽업을 맡아 주면 어떻겠냐고. 은솔 엄마의 의견에 모두 찬성함과 동시에 끈끈한 인연이 생겼고 종종 만나는 모임이 탄생했다.

"다람쥐 어린이 수영 클럽 부모 모임인데 왜 다람쥐가 아니고 청설모야?"

내 질문에 엄마는 정말 그 이유를 모르겠냐고 물었다. 돌연변이가 아니라면 다람쥐의 부모는 다람쥐 아닌가?

"다람쥐와 청설모가 상극이라며. 죽어라 부모 말 안 듣는 너희들이 다람쥐니까 우린 청설모지."

처음으로 청설모 이야기를 꺼낸 사람은 영조 엄마였다고 한다. 영조와 현조 두 아들에, 시어머니 아들까지 키우느라 속이 터질 것 같다면서. 다람쥐 어린이 수영 클럽 회원의 증가와 감소, 또 이사와 전학 같은 주거지 문제로 인해 청설모 회원들도 꾸준히 변화가 있었고 결국 세 가족만이 남았다. 그렇게 남은 세 가족은 예상대로 우리 집과 은솔네, 영조네다. 아빠의 장례식 때도 은솔과 영조 엄마는 매일같이 와서 엄마를 위로해 주었다.

식탁에 앉은 엄마가 따뜻한 차를 끓이며 물었다.

"요즘 은솔이는 별일 없니?"

별일이라면 뭘 말하는 거지? 은솔이는 늘 별일이 있는 아이인데. 사랑에 빠지고 고백하고 차이는 일을 말하는 건지, 아니면 끊임없이 도발하고 싸우고 패배하는 진솔 언니와의 전쟁을 말하는 건지. 아무리 생각해도 딱히 뭔가가 떠오르지 않았다.

"엄마, 은솔이는 실연도 해피하게 만드는 아이야. 남들에겐 별일도 걔한테는 이벤트일걸."

은솔을 긴 시간 봐 온 엄마도 그러네, 하면서 피식 웃었다. 오랜만에 보는 엄마의 웃음.

"웃으니까 좋네. 진즉 이혼했으면 더 웃을 일이 많았을 텐데. 그러면 우울한 미망인이 아니라 산뜻한 돌싱이잖아."

아빠의 사건 이후 엄마에게 이야기를 들었다. 아빠가 이혼을 원했다는 사실을. 하지만 서먹하고 냉랭하던 두 사람 사이를 나도 이미 눈치채고 있었다. 조선판 로미오와 줄리엣 같은 요란한 수식어와 함께 시작된 결혼이었다. '영원한 사랑' 운운하는 주변의 시선 때문에 엄마가 결혼을 깨지 못한 거라고 생각했다.

"그것 때문에 이혼을 미룬 건 아니야. 아빠도 그랬지만 엄마는 결혼에 모든 에너지를 쏟아부었어. 반대가 심할수록 투지가 더 타올랐다고나 할까. 그때는 사랑만이 최고고 인생의 정답이라 믿었는데 사랑이 식을 수도 있다는 건 생각 못 했어. 법이 개정되자마자 급하게 결혼을 강행했던 터라 이혼만은 좀 차분하게 하고 싶었어. 생각할 시간을 달라고 했고 아빠도 그러겠다 했는데……."

마음 가는 사람이 생겼지만 당신 마음이 정리될 때까지 기다리겠다고, 아빠는 분명히 약속했다고 한다. 엄마는 배신이 아니라 무례함 때문에 화가 난다고 말했다. 힘든 결혼의 과정을 함께한 사람에 대한 예의와 약속을 저버린 게 가장 가슴 아프다면서.

엄마의 얘기를 듣는데 불닭볶음면을 우유 한 모금 마시지 않고 먹은 것처럼 가슴이 아렸다. 사랑의 시작은 두 사람의 마음이 같을 때에만 일어날 수 있는 기적인데 어째서 이별은 한 사람만 변해도 가능한 걸까. 그러면 마음이 변하지 않은 사람에게는 너무 가혹한 일 아닌가. 상대방의 마음이 변했는지 마피아 게임처럼 계속 의심하며 살아야 하나? 언제든 변할 수 있는 게 사랑이라면 나는 사랑 따위 하고 싶지 않았다. 굳어 버린 내 표정 때문에 걱정이 된 건지 엄마가 조심스레 말을 이었다.

"엄마와의 인연이 안 좋게 끝났을지는 몰라도 너에게만은 최고의 아빠였어. 남들이 딸 바보라 부를 정도였으니까. 그것만은 잊으면 안 돼."

정말 나를 그렇게 사랑했으면 엄마가 아닌 다른 사람에게 마음을 주면 안 됐다. 적어도 내가 이해할 수 있는 나이가 될 때까지는 기다려 줘야 했다. 복잡한 마음을 정리할 시간도 안 주고 비겁하게 훌쩍 떠나 버린 아빠는 '딸 바보'가 아니라 딸을 바보로 아는 사람이었다. 아빠를 용서할 수 없는 내 마음을 눈치챘는지 차를 마시던 엄마가 한숨을 폭 쉬었다.

❤

"배다른 딸 또 왔습니다."

엄마가 별일 없냐고 물었던 은솔은 별일을 만들기 위해 밤마다 우리 집으로 왔다. 가끔은 라면과 식빵 같은 간식거리를 들고 오기도 했다. 나보다 우리 집 싱크대와 냉장고를 더 많이 뒤지는 애라 뭐가 떨어질 때가 됐는지 잘 알았고 다이어트 중인 자신을 위해 알룰로스와 무염 버터를 사 놓으라는 요구도 당당하게 했다.

은솔은 간식으로 가져온 허니버터식빵을 식탁에 내려놓더니 주혜 흉을 보았다.

"주혜 고집이 그렇게 센지 처음 알았네. 호진이가 아니라고 했으면 믿어 주지."

방금 전까지 주혜 포함 셋이 있는 단톡방에선 한바탕 난리가 났다. 동환이 은솔에게 언제까지 주혜와 호진을 저대로 둘 거냐고, 둘이 만나는 자리를 만들어 보면 어떻겠냐고 했고, 은솔이 단톡방에서 그 말을 했다가 날벼락이 떨어졌다.

> 호진이가 아니라잖아

> 동환이가 그러는데 사정이 있었대

나와 은솔이 쓴 말은 이게 다였다. 주혜 타이핑 솜씨가 얼마나 빠른지 주혜의 메시지에 답을 쓰고 있으면 금방 다른 내용이 올라왔고, 쓰던 말을 지우고 새 메시지에 맞춰 답을 쓰는 동안 또 다른 메시지가 올라왔다.

증거가 있는데 뭐가 아니야

증거가 뭐냐고 자판을 치는데 또 핸드폰이 울렸다.

그 자식 얘기는 듣고 싶지도 않아

나 몰래 딴 여자 만났으면 무조건 바람이야

호진은 며칠 사이 사랑둥이 호빵이에서 '그 자식'이 되었다. 게다가 '무조건'이라니. 주혜의 단호함에 새삼 놀랐다.

너희는 고동환 말은 들으면서 왜 내 얘긴 안 듣는 거야?

안 듣다니? 지금도 단톡방에서 혼자 떠들고 있으면서.

이번 일로 상처 받은 건 나라고. 그 자식이 아니라

주혜가 보낸 째려보는 눈동자 이모지에 나는 하트를 쓰다듬는 '쓰담쓰담' 이모지를 보낼 수밖에 없었다. 주혜는 '그 자식'에 대한 마음을 바꿀 이유가 전혀 없다고 했다.

정작 마음을 바꾼 건 주혜가 아니라 나였다.

"갑자기 마음을 바꾼 이유가 뭐야?"

허니버터식빵을 결대로 찢어 먹으면서 은솔은 아니꼽다는 표정을 지었다. 며칠 전까지 라스카를 밝히자 했을 때 반대하다 말을 뒤집었으니 그럴 만했다.

라스카에 대한 단서를 얻고도 누군지 알고 싶지 않았던 이유는 자신이 없어서였다. 분명 아는 아이일 텐데 정체를 알게 된 후 라스카의 얼굴을 본다는 상상만 해도 손발이 오그라들었다. 편지에 나왔던 것처럼 지금보다 어색해지면 어쩌나 걱정도 됐다. 무엇보다 라스카 따위 알 게 뭐야, 하며 무시하리라 마음먹었는데 그게 쉽지가 않았다. 무심히 볼펜을 돌리다가도 혹시 라스카가 보고 있을까 신경이 쓰였고 주위를 둘러보다 눈이 마주치면 괜한 의심만 생겼다. 며칠 전 수업 시간에는 산만하다고 주의까지 받았다.

"그렇게 눈이 마주친 애들은 누구야?"

"김이선, 고동환, 유강우."

한 명씩 이름을 부를 때마다 은솔은 배를 잡고 방바닥을 굴렀다. 은솔이 웃는 이유를 나 역시 충분히 느꼈다.

세 녀석이 라스카라면, 나를 향해 사랑을 고백했다고 생각하면…… 소름이 끼쳤다. 그 녀석들 때문에 왜 긴 시간 여자들의 로망이 '백마 탄 왕자'인지를 납득할 수 있었다. '백마'와 '왕자' 때문에 엄청 조건을 따진다고 오해할까 봐 변명하자면, 애초에 '왕자'는 고려 대상이 아니었다. '백마' 역시 고가의 수입차 같은 허세로 느껴진다면 대단한 착각이다. 나에게 '백마'는 현실적인 조건이었다. 백마를 타고 올 정도로 멀리 사는 존재이기를 바라는 마음이었다.

나는 무신경하게 벌어진 이선의 교복 바지 지퍼와, 괭이질이 끝난 논밭처럼 갈라진 동환의 머리를 봤고, 180센티미터가 넘는 덩치에 안 맞게 혀 짧은 소리로 엄마에게 징징거리는 강우의 목소리를 들었다. 이런 녀석들하고 어떻게 사랑을 얘기할 수 있을까?

적어도 연인이 되려면 백마가 아니라 비루먹은 당나귀라도 좋으니 멀리 떨어져 사는, 그게 아니라면 사돈의 팔촌의 이웃처럼 낯선 사람이어야 하지 않을까? 나는 라스카가 아샷추를 좋아하는지, 민초파일지 아닐지를 상상하길 원했다. 엽떡의 맵기 단계가 어떤지 궁금한 사람이길 바랐다. 엽떡 착한 맛에 민초를 극혐하는 동환과 아샷추에 시럽을 다섯 번 펌핑하는 이선에 대해선 전혀 궁금하지 않았다.

적어도 남자 친구라면 만날 약속만 잡아도 가슴이 두근거리고 설레는 존재여야 했다. 손톱만큼도, 아니 손톱 옆의 거스러미만큼도 설레지 않는 이 녀석들 덕분에 라스카의 정체를 알게 되더라도 눈 하나 깜짝하지 않고 무시할 용기가 생겼다.

"그러니까 라스카가 누군지 알고도 아무렇지 않게 친구로 지낼 수 있단 말이지?"

뭉그적거리며 말하는 은솔의 표정이 어쩐지 의미심장했다. 마치 뭔가 알고 있는 것처럼.

"당연하지."

큰소리쳤지만 이 세상에 당연한 일은 없었다.

어장 관리

제13회 해피 실연 클럽은 우여곡절 끝에 열렸다. 호진도 실연 당사자이니 모임에 참석할 수 있다는 영조의 문제 제기 때문이었다. 애초에 회원 자격에 대한 기준은 실연한 사람이라면 누구나 환영한다는 문장 하나였기에 영조의 지적에 은솔은 아무 말도 할 수 없었다. 조용히 불러내 윽박지르는 것밖에는.

"아주 정의의 사도 납셨네. 언제부터 그렇게 시시비비를 가렸다고. 갑자기 왜 이러는 거야?"

은솔은 영조를 보자마자 주먹부터 들이밀었다.

"여자애들이 모이기만 하면 수군거리는데 호진이도 발언할 기회를 줘야 할 거 아니야."

요란하게 사귀던 커플이 헤어진 만큼 후폭풍도 컸고 특히 호진이 일방적으로 욕을 먹는 상황이었다. '윈드박'이라며 놀리는 아이들도 있었다. 귀가 얇은 은솔은 영조의 말에 솔깃해졌고 어쩌면 좋을까 난감한 표정으로 나를 쳐다봤다. 꼭 이럴 때만 나를 찾지.

나는 호진과 같은 자리에 있을 수 없다는 주혜의 말을 대신 전했다.

"학폭 사건도 제일 먼저 가해자 피해자를 분리시키잖아. 물론 호진이가 가해자란 뜻은 아니지만. 아무튼 호진이는 다른 자리에서 말하는 게 맞다고 봐."

내 말에 영조가 마지못해 납득했고 호진 역시 주혜를 불편하게 하고 싶지 않다는 의사를 밝히면서 모임이 성사됐다.

"나는 분명히 요거트 먹자는 의견을 낸 걸로 기억하는데."

신규 회원의 의사와 관계없이 해피 실연 클럽은 마라탕집에서 열렸다. 주혜는 다이어트 중인데 마라탕을 먹으면 어떡하냐고 따졌다.

"연애 끝났으니까 다이어트도 끝 아니야?"

주혜가 나를 보며 괜히 입을 삐죽거렸다. 틀린 말을 한 것도 아닌데 왜 저러는 거람. 원래 주혜는 가리는 것 없이 아무거나 잘 먹는, 타고난 먹성의 소유자였다. 순대 하나를 먹더라도 간과 허파는 물론 오소리감투까지 내장 부위를 골고루 먹어야 직성이 풀리는 아이였다. 그런 애가 꼭 연애만 하면 다이어트를 하고 못 먹는 음식이 생겨났다. 지난번 호진과 함께 분식집에 있을 때는 순대만 몇 개 깨작대더니 허파를 먹는 나를 보며 눈살을 찌푸리기까지 했다. 마치 그런 흉측한 음식은 입에도 댄 적 없다는 듯한 표정으로. 와, 저 계집애 좀 보소. 어이가 없었지만 연애만 하면 내숭덩어리로 돌변하는 주혜의 특징을 잘 알기에 꾹 참고 넘어갔다.

"그냥 먹어. 다수결에 따라 정한 거니까."

"다수결? 투표는 회원만 하는 거 아니었어?"

주혜가 정신없이 마라탕을 먹고 있는 애들을 쭉 둘러보며 이의를 제기했다. 주혜 말대로 현재 해피 실연 클럽 회원은 회장 은솔과 주혜밖에 없었다. 거창한 명칭과 다르게 상당히 초라한 구성이었지만 마라탕 가게에 모인 아이들은 모두 여섯 명이었다.

"당연하지. 여기 다 회원들이야."

전 회원인 동환과 이선이 무슨 문제가 있냐는 표정을 지었다.

"좋아, 전직 회원까지는 인정. 도미래 이영조는 뭐야? 쟤네는 누가 봐도 모솔이잖아."

아무 말 못 하는 나와 달리 영조는 숟가락을 내려놓고 발끈했다.

"누가 모솔이래? 화려한 과거가 있다고 전에 얘기했는데 또 이러네?"

아무도 믿지 않는 경험을 가지고 화려한 과거? 주혜까지 영조의 말에 웃음을 터뜨렸다. 고백이라면 나도 있다고 말할까 싶었지만 라스카 후보가 둘이나 있는 상황이라 꾹 참았다.

"쟤네 둘은 미래의 회원이라 불렀어. 쟤들도 언젠가는 연애도 하고 실연도 할 거 아니야."

"미치겠네. 진짜 모솔 아니라니까!"

팔짝 뛰며 억울해하는 영조 옆에서 동환은 마라탕을 먹느라 정신없었다. 안경이 뿌옇게 변했건만 닦을 생각도 없이. 워낙 마라탕을 좋아하는 건 알고 있지만 내가 앞에 있는데도 저런 행동을 하는 건 무슨 마음일까.

은솔은 동환이 라스카라고 했다. 펜을 돌리는 습관을 아는 것으로 보아 라스카는 분명 학생이고 학생이 외국에 나가는 경우는 이민, 유학 그리고 여행밖에 없는데 발이 넓기로 유명한 은솔은 온갖 인맥을 동원해 이민 간 아이를 찾아냈다. 하지만 그 아이가 간 곳은 싱가폴이었다. '이민'을 지운 은솔은 곧바로 '유학'에 해당되는 것도 뒤졌지만 아무도 없었다. 마지막으로 남은 게 여행이었는데 가장 가능성이 높은 항목이긴 했다.

"그래서 찾았어?"

애타게 묻는 내 말에도 은솔은 중요한 장면에 느닷없이 등장하는 광고처럼 얄밉게 시간을 끌었다. 그러다 나온 이름이 동환이었다.

"확실해?"

그럴 줄 알았다며 은솔은 동환의 SNS를 보여 줬다. 동환은 유럽의 고성과 미술관, 성당 앞에서 어울리지도 않는 선글라스를 쓴 채 잔뜩 폼 잡고 찍은 사진을 올려놓았다. 그중에서도 은솔이 빼도 박도 못할 증거라며 가리킨 건 많은 인파 속에 있는 동환의 사진이었다. 여행의 즐거움에 들떠 브이를 하는 동환 뒤로 천문 시계가 보였다. 또 다른 증거는 사진을 올린 날짜가 1월 말이었다. 1월 말에 올렸다면 여행은 그 전에 다녀왔을 테고 그렇다면 겨울 방학 때였다. 그런데 동환이라니…… 뭔가 맥이 빠졌다.

동환은 대표적 '안경좌'였다. 안경을 쓰면 뽀로로처럼 귀엽고 똑똑해 보였지만 안경을 벗으면 식판 옆에 동전 몇 개라도 던져 주고 싶은 불쌍한 이미지로 변했다.

"뭐야, 이 난감한 표정은?"

은솔이 노골적으로 나무라는 표정을 지었다. 아, 사랑 한정 누구보다 박애주의자인 은솔의 가치관을 잊어버리다니. 은솔은 사랑을 보내 준 사람이라면 누구라도 존중받아야 한다고 생각했다.

"동환이 인기 많아. 잘 알면서."

그걸 아니까 걱정이었다. 동환은 우리 반에서 여자들과 가장 잘 어울리는 남자애였다. 여사친들에 둘러싸여 보이그룹 멤버와 연애 프로그램 얘기를 하고, 맘에 드는 음악 플레이리스트를 교환했으며 팬시점과 코인 노래방에 같이 다니는 건 물론 주말 영화약속에도 자주 얼굴을 비쳤다. 자상한 말투와 배려 깊은 행동 때문에 동환은 인기가 많았다.

이렇게 괜찮은 남자가 라스카 후보인데 무슨 걱정이냐고 오지랖

넘게 비난할 거면 잠깐만 기다려 주시라. 동환의 그런 행동은 양날의 검과 같으니까. 솔직히 얘기하자면 치명적 단점이기도 했다.

"내가 교복 치마 무지 짧잖아. 서 있을 땐 몰랐는데 의자에 앉을 때마다 엄청 신경 쓰이더라고. 그런데 어디서 구했는지 동환이가 무릎 담요를 쓱 내미는 거야."

"사회 모둠별 과제 할 때도 동환이가 거의 다 했어. 고동환 보유 모둠이라 정말 좋았다고."

"담임이 교문 지도 하는 날 하필 교복 넥타이 빼먹어서 아차 했는데 동환이가 자기 걸 빼서 주는 거야. 하마터면 고백할 뻔."

다정하고 친절한 남자를 좋아하지 않을 여자는 없을 것이다. 동환을 좋아하는 여자아이들은 정말 많았고 동환은 그중 여러 명과 사귀었으며 여러 번의 짧은 연애 후에 해피 실연 클럽의 단골 멤버가 되었다. 설마 아직까지 나의 걱정을 이해 못 했다고? 그렇다면 누구에게나 친절한 동환의 행동을 일컫는 공식적인 용어를 알려 줘야 할 것 같다. '어장 관리'라고 들어는 보셨을라나!

"도대체 뭐가 보이긴 하니? 이리 줘 봐."

주혜가 마라탕 국물이 튄 동환의 안경을 벗겨 테이블에 있던 휴지로 닦기 시작했다. 중국의 변검처럼 안경을 벗자마자 한순간에 이미지가 확 바뀐 동환을 주혜는 아무렇지 않게 바라봤다. 그러자 잊고 있었던 중요한 정보 하나가 생각났다. 작년에 동환과 주혜가 사귀었던 사이였음을.

동환은 칠 개월 전 주혜의 남친이었고 두 달 전에는 은빈의 남친이었다. 그런데 그 막간을 이용해 나에게 절절한 고백을 했다고? 그것도 프라하에서? 동환의 의중을 알 수 없어 고민하고 있는데 이선이 태클을 걸어 왔다.

"나한테 뭐 할 말 있어? 왜 그렇게 빤히 봐?"

가만 보니 동환 옆에 이선이 있었고 동환에게 향한 시선을 오해해서 물었던 거다. 너무 티나게 쳐다봤나 싶어 멋쩍은 웃음을 지었더니 이선의 고질병이 또 시작됐다.

"혹시라도 나한테 고백하려면 다음 기회를 노려 줘. 이 자리에서 하는 건 실연한 주혜한테 예의가 아니니까."

동환이 어장 관리남이라면 이선은 도끼병 환자였다. 물론 대부분은 장난이었지만 가끔은 황당할 정도로 자신을 향한 여자아이들의 행동을 오해했다. 증상이 간헐적이긴 했지만 더 심해지기 전에 응징할 필요가 있다는 판단에 이선의 등짝을 향해 스매싱을 날렸다. 까불이 캐릭터답게 이선은 죽겠다고 엄살을 부렸다. 세게 때리지도 않았는데.

"이 정도면 학교 폭력인데. 아들, 많이 아프냐?"

영조는 한술 더 떠 학교 폭력까지 운운했다. 이것들이 아주 쌍으로 나를 놀렸다.

"아바마마, 소자에게 폭행을 가한 저 여인을 엄히 벌하여 주시

옵소서."

이놈의 사극 놀이는 도대체 언제 끝나는 건지. 작년에도 같은 반이었던 둘의 이름은 어쩌다 조선의 21대 왕 영조와 그 아들인 사도세자 이선과 같았다. 그 이유로 역사 모의 법정에서 영조와 사도세자를 맡았는데 대본이 재밌었고 연기도 잘해서 학년 전체 대상을 받았다.

아바마마, 소자를 정녕 버리시나이까? 종이 상자로 만든 뒤주에 들어간 이선이 살려 달라며 절규하던 장면은 한동안 아이들이 따라 할 정도로 유명했다. 그 일을 계기로 영조는 종종 이선을 아들이라 불렀고 이선은 영조를 아바마마라 불렀다.

"얘들아, 꿔바로우 더 안 먹어도 돼?"

실연 위로 모임이라곤 하지만 먹고 떠드는 것 말고는 특별한 것이 없었다. 주혜도 며칠 전보다는 훨씬 마음이 차분해 보였다.

"어쨌든 잘됐다. 지금 고동환은 연애 휴식 중이야. 그러니까 예전에 좋아했던 여자가 옆에 있다면 평상시와는 다른 행동이 나올 거야."

"그 자리에 주혜도 같이 있다며. 전 여친과 나에 대한 행동은 어떻게 구분할 건데?"

"얘가 진짜 연애를 모르네. 연애도 드라마야. 같은 배우여도 작품에 따라 연기가 달라지잖아. 주혜랑은 사귀었으니까 이미 끝난 드라마지. 그런데 너한테는 고백도 안 해 봤으니 아직 설레는 마음이 남아 있을 테고, 다른 행동이 나올 수밖에 없단 뜻이지."

해피 실연 클럽에 온 것도 주혜의 위로보다 라스카를 알아내려는 목적이 더 컸다. 그런데 동환은 그냥 동환이었다. 오로지 먹는 것에만 진심인.

'좋아하는 여자가 옆에 있으면 달라질 거라고? 실연 전문이 사랑 어쩌고 떠들 때부터 알아봤어야 하는데.'

은솔을 향해 피식 비웃음을 날릴 때 옆 테이블에 앉은 동환이 접시를 건넸다.

"우리 쪽은 주혜가 안 먹어서 많이 남았어. 너 이거 좋아하잖아."

접시에는 내가 좋아하는 분모자가 담겨 있었다. 은솔에 따르면 '무심히 툭'은 플러팅이었다. 접시를 건넨 동환은 다시 자리로 돌아가 마라탕 속 버섯을 건져 먹었다. 은솔이 거 보란 듯이 눈을 찡긋했다.

주혜는 누구에게나 다정한 남자는 남사친으로만 남아야 한다고 말했다. 사귀는 동안 동환의 그런 행동 때문에 상처받았고, 동환이 돌보는 어장에 남아 있기 싫어서 헤어졌다면서. 지금 동환의 행동은 어장 관리일까, 플러팅일까, 아니면 단순한 배려일까. 정답이 뭔지는 모르겠지만 안경을 쓴 동환은 뽀로로처럼 귀여웠고 분모자 한 접시에 가슴이 떨렸다. 정전기가 오른 것처럼 찌르르.

질투는 너의 힘

영조의 시선이 내 입술에 머물렀다. 1단계는 가볍게 성공!

"너, 뭐냐?"

무딘 듯하다가도 가끔씩은 놀라울 정도로 눈치가 빨라지는 녀석. 영조는 미션 수행 중인 나의 변화를 바로 알아차렸다.

앞에 앉은 은솔이 테이블 아래서 발로 툭 치는 신호에 따라 2단계로 들어갔다. 나는 영조에게서 눈을 떼지 않고 모카라떼 잔을 들어 한 모금 마셨다. 입술에는 거품이 묻어 있을 테다.

본격적인 작전 시작. 거품을 혀로 핥았다. 그게 뭐 대단한 일인가 싶겠지만 혀를 날름 내밀어 닦는 것이 아니라 슬로우를 건 듯 아주 천천히 했다. 은솔이 유튜브를 찾아서 보여 줬던 영화 속 한 장면처럼.

처음 계획은 유명 드라마의 패러디였다. 거품을 묻히고 모른 체하면 남자가 몸을 앞으로 쓱 내밀어 거품을 닦아 주는. 문제는 상대가 영조라는 거였다. 칠칠맞지 못하다고 구박하는 건 기본이고 배고플 때 먹으려고 남겨 뒀냐며 비아냥거릴 게 뻔했다. 영조에게 기대하면 안 될 거라 판단했고 직접 닦는 방향으로 작전을 바꿨다. 이제 거품은 다 없어졌다. 하얀 거품이 사라지고 나온 빨간 입술을 바라보는 영조의 눈이 커졌다.

"그런다고 영조가 반응할까?"

내 걱정에 은솔은 장담했다. 수없이 많은 로맨틱 영화 속에서 같은 장면이 나온 건 다 이유가 있다면서.

"무엇보다 최종 목표는 영조가 아니라 동환이야. 그걸 잊지 말라고."

영조의 눈빛 때문에 민망하고 어색해 죽을 것 같지만 은솔이 시키는 대로 주문을 외웠다. 나는 섹시하다, 세상 누구보다 섹시하다!

"오늘따라 미래가 좀 달라 보인다."

동환도 고개를 들어 나를 바라봤다. 주문이 통했다. 은솔이 테이블 아래서 내 발을 꾹 밟았다. 거봐, 내 말이 맞지, 말하듯이.

그날 동환이 무심히 툭 건넨 분모자 접시 때문에 생각이 많아졌다.

"네가 분모자 좋아하는 걸 어떻게 알겠어? 평소에도 지켜봤단 뜻이잖아."

마라탕을 같이 먹었으니 알 수도 있지 않겠냐는 내 말에 은솔은 영조랑 이선이라면 그런 '분모자 플러팅'을 할 수 있겠냐며 되물었다. 눈치는 손톱의 때만큼도 없는 녀석들인지라 확실히 그건 아니었다.

은솔은 프라하 여행, 분모자, 그리고 수업 중 눈이 마주친 것만으로 동환을 라스카라고 확신했다. 틀린 말은 아니었지만 성급한 결론이란 느낌도 자꾸 들었다. 재채기와 사랑은 속일 수 없다고 하던데 동환에게선 그런 감정이 전혀 느껴지지 않았다.

"겨울 방학 때 편지를 썼다면 이미 그 전에 나를 좋아했어야 되잖아. 그런데 작년 가을 체육대회 왈츠 파트너로 손을 잡았을 때도 진짜 아무렇지 않았어. 뭔가 쿵, 심장 떨릴 정도의 느낌은 있어야 하잖아."

"쿵하면 부정맥이지. 그건 사랑이 아니라 질병이고. 그래도 접시 받았을 땐 뭔가 달랐다며?"

눈이 마주쳤을 때도, 접시를 받았을 때도 놀람과 설렘은 있었지만 정전기처럼 찌르르 하다가 사라져 버렸다.

"동환이 다른 여사친들한테도 다 친절하잖아. 별명이 괜히 어부겠냐고."

이게 가장 큰 걱정이었다. 동환이 만든 가두리 양식장 속 물고기 신세가 되고 싶진 않았다.

"정 그렇게 의심이 되면 실험해 보는 건 어때?"

은솔이 제안한 것이 바로 '질투는 너의 힘' 작전이었다.

"고동환한테 질투심을 유발하는 거지."

"뭘 유발해? 지금 21세기야. 도대체 언제적 방법이냐?"

말도 안 된다고 반대했지만 은솔은 BTS도 데미안을 모티브로 노래를 만들어 전 세계 대중의 마음을 설레게 했고, 로미오와 줄리엣은 시대를 거듭해 리메이크되고 있다며 고전의 가치를 무시하지 말라고 했다. 논리적 근거나 예시의 부족에도 손발을 섞어 가면서 장황하게 늘어놓는 은솔의 말발에 홀리고 말았다.

"심플 이즈 더 베스트. 동환을 앞에 두고 네가 남친이랑 알콩달콩하는 모습을 보이는 거야. 그때 동환이 질투를 느낀다? 그럼, 백 퍼 라스카인 거지."

남친과의 모습에 질투를 느낀다고 해서 동환을 라스카로 단정하는 건 논리의 비약이었다. 아니, 그 전에 작전이 너무 허술했다. 열 감지기와 적외선 센서로 철통 보안을 자랑하는 대저택을 맨손으로 침입하는 멍청한 도둑과 다를 바 없었다. 실패 확률이 90퍼센트 이상이었다.

"방법이 간단하다고? 알콩달콩할 남친이 없는데?"

가장 기본적인 의문에 은솔은 무슨 소리를 하냐고 되물었다.

"없긴 왜 없어. 우리에겐 '남자 사람 친구'가 있잖아."

설마 영조? 은솔은 설마가 아니라 역시 영조지,라고 대답했다. '설마'여도 '역시'여도, 중요한 사실은 하나였다. 더 이상 영조랑 엮이면 안 된다는 것.

"영조는 안 돼. 절대 안 돼. 세상이 두 쪽 나도 안 돼."

"왜 이렇게 오버야? 넌 영조 얘기만 나오면 지나치게 과잉 반응 이더라. 혹시 둘 사이에 나 모르는 뭐가 있니?"

은솔이 수상한 눈빛으로 바라봤다. 강력계 홍 반장 눈빛은 몹시 도전적이고 위험해 보였다.

나와 은솔 영조는 다람쥐 어린이 수영 클럽부터 붙어 다녔고 가족들끼리도 친한 탓에 방학이면 여행이나 캠핑도 같이 다녔다. 사정을 모르는 사람들은 우리를 친형제로 보기도 했다.

"죽을 때까지 삼총사로 살 줄 알았는데……."

은솔의 이사 전날 나는 펑펑 울었고 영조도 눈물이 그렁그렁 했다. 오랜 시간 단단히 서 있던 피라미드의 한쪽이 무참히 허물 어져 버린 듯했다. 오래전 누군가는 복숭아나무 아래서 의형제를 맺었다던데 우리는 은솔의 방 LED 등 아래서 손등을 포개며 우 정을 다짐했다. 비록 멀리 떠나 있을지언정 우리의 마음은 변할 수 없다고. 분명히 그런 시간도 있었는데 나와 영조가 사사건건 앙숙처럼 다투니 다시 돌아온 은솔 눈에는 이상하게 보일 만도 했다.

"있긴 뭐가 있어!"

말은 그렇게 했지만 '뭐'가 없지는 않았다. 은솔의 의심 가득한 눈빛을 피하기 위해서 일단 끝까지 들어 보겠다며 한발 물러섰다.

은솔은 자신도 영조에게 비밀을 털어놓을 생각은 머리카락 한 올만큼도 없다며 처음 수영을 배울 때 잡았던 킥판처럼 아주 살짝만 이용할 거라고 했다.

"선생님이 뭐랬어. 킥판은 있는 듯 없는 듯 잡으라 했잖아."

처음 수영을 배울 때 킥판이 없으면 무서워서 발차기를 못 했다. 그렇다고 킥판에 무게를 실어 의지하면 몸이 가라앉았다. 그 경험을 빗대어 얘기했지만 은솔이 모르는 중요한 사실이 하나 있었다. 아이들이 킥판을 놓고 팔을 돌려 앞으로 쭉쭉 나갈 때까지 나는 킥판을 놓을 수 없었다는 것을. 영조와 '알콩달콩'할 생각만으로도 그제 먹은 마라탕이 올라올 것 같았다.

"그래서 아이템이 필요한 거야. 게임에서도 아이템이 얼마나 중요한지 잘 알지? 그 순간만은 배우 도미래가 돼야 하니까."

여배우 도미래를 위해 구입한 아이템이 바로 '키스를 부르는 체리핑크 틴트'였다.

은솔은 기프티콘이 생겼다며 카페에서 중간고사 공부를 같이 하자고 동환과 영조를 불렀다. 당연히 공짜 기프티콘 따위는 없었다. 공짜가 아니라도 영조는 내가 있는 자리면 빠짐없이 나왔다. 날 괴롭히고 망신 주는 재미로 사는 녀석답게.

"홍은솔, 네가 태블릿 가져온다고 해서 안 갖고 왔잖아."

영조는 중간고사 대비 과학 인강을 들을 계획이라고 말했고 은솔도 다른 인강을 들어야 하니 자신의 태블릿으로 나눠 듣자고 말했다. 인강이 밀려 나눠 들을 수 없다는 영조 때문에 계획이 어긋날 뻔했지만 말발이라면 꿀리지 않는 은솔은 형 때문에 게임한 번 못 하는 동생이 불쌍하지 않냐며 주말이라도 현조에게 태블릿을 양보하라며 꼬드겼다. 이렇게까지 말해 놓고 약속을 펑크 냈으니 영조가 짜증을 낼 만도 했다. 나도 다른 과목은 빼놓고 과학 인강 교재만 준비했다. 은솔이 미리 알아본 바에 따르면 내가 듣는 과학 인강이 영조와 같은 강사였다.

"할 수 없네. 그냥 미래랑 같이 들어."

당연히 태블릿은 내가 가져왔다. 집에 갔다 오기에도 애매해서 영조는 하는 수 없이 내 옆에 앉았다. 자리에 앉은 영조가 가방을 뒤졌다. 아마 무선 이어폰을 찾고 있을 테지만 이를 어쩌나, 그건 아까 영조가 화장실에 갔을 때 가방을 뒤져 감춰 둔 상태였다. 나중에 카페 의자 밑에서 우연히 찾은 척하면서 돌려줄 요량으로. 이어폰을 훔칠 때 동환은 뭘 했냐고? 먹성 좋은 동환은 카페 들어

오자마자 디저트 코너를 둘러보고 있었고 그쯤이야 미리 예상했던 바였다.

분명히 챙겼는데, 하며 당황하는 영조에게 나는 비장의 무기를 들이밀었다. 바로 줄 이어폰.

"갑자기 웬? 너도 무선 쓰지 않았어?"

갑자기 미션을 하고 있으니까 그렇지. 미션이 아니고서야 네 옆에 딱 붙어 앉을 리가 있겠니, 따지고 싶었다.

"그랬는데 며칠 전부터 안 보여서 챙겼어."

"얼마나 방이 더러우면 이어폰 하나를 못 찾냐. 하여간 예전부터……."

만약 얄밉게 말하기 대회가 열리면 단연 영조가 1등일 터였다. 어휴, 주먹을 부르는 저 멘트하고는.

이어폰을 나눠 낀 영조는 본인조차 모로는 미션 수행 요원으로, 동환은 미션의 최종 목표물로 나의 체리핑크 입술 공격을 당하고 있었다. 동환까지 빤히 쳐다보자 부담스러웠지만 은솔은 그럴수록 영조의 마음을 집중 공략하라고 했다. 동환의 마음에서 질투가 활활 타오르도록. 이제 불씨가 조금은 붙었으려나.

모카라떼를 한 모금 더 마셨고 아까보다 천천히 거품을 핥았다. 착색이 오래 간다고 했으니 거품 사이로 체리핑크 입술이 선명히 보일 테다. 영조가 나를 빤히 쳐다봤다. 그렇지, 걸려들었어!

"이러니 공부를 못하지. 강의 듣는데 신경 쓰이게 할 거면 한 번에 쭉 마셔."

정말 이럴래? 물 분자의 화학 반응식이 친구에게 무안을 줄 만큼 그렇게 중요하냐? 작전이고 뭐고 다 때려치우고 싶었다.

"근데 너 뭐냐?"

수치스럽지만 참은 보람이 있었다. 영조가 손가락으로 내 입술을 가리켰다. 퉁명스럽긴 해도 이건 관심이었다. 평소 나는 좁쌀 여드름 때문에 화장도 안 해서 선생님께 칭찬받는 '모범생 페이스'로 살았다. 그래서 은솔이 틴트만 발라도 눈에 확 띨 거라 했는데 정말 그랬다. 엄마 말마따나 다른 집에 사는 남동생 같은 영조가 체리핑크 입술 공격에 아무 반응이 없으면 어쩌나 걱정했는데 생각보다 '킥판'의 역할을 잘했다.

"입술이 건조해서 틴트 좀 발랐는데, 왜 이상해?"

귀여워 보이는 각도로 고개를 기울이며 영조에게 물었다.

"이상한 줄 알면 지우든가."

'킥판'은 개뿔. 뜨지 못하게 달아 놓은 모래주머니 같았다. 영조는 못 볼 꼴을 본 것처럼 진저리를 쳤다. 몸뿐만 아니라 마음까지 가라앉았고 귓볼이 뜨끈하게 달아올랐다. 영조의 반응에 동환도 웃음이 터졌다.

"뭐가 이상해. 예쁘기만 한데."

동환이 칭찬을 얹었지만 이미 늦은 뒤였다. 뭔가를 더 할 의지라곤 손톱만큼도 안 남았는데 은솔은 어서 3단계를 진행하라고 발을 툭툭 쳤다.

"머리 넘기는 거에 안 넘어가는 남자는 없어. 내가 장담해."

은솔은 또 전 재산을 걸었다. 탐나지도 않는 그놈의 전 재산 타령은! 이미 수치의 한계는 넘어선 뒤였고 여기서 멈추나 더 가나 의미가 없었다. 그래서 마지막 미션을 시작했다.

테이블 위에 펼쳐 놓은 과학책을 넘기는 척하며 고개를 옆으로 꺾었다가 반대로 틀며 머리를 헝클어지게 만들었다. 그런 다음 손을 이용해 헝클어진 머리를 귀 옆으로 빗어 넘기려 했는데 자신감 부족으로 계획이 실패했다. 다시 한번 고개를 숙였다가 크게 꺾었는데…… 화면을 멈추기 위해 태블릿 쪽으로 온 영조의 머리와 부딪히고 말았다. 눈물이 핑 돌고 코피라도 터진 듯 코가 얼얼했다. 다행히 피는 나지 않았지만.

"좀비냐? 고개는 왜 그렇게 꺾냐고. 그니까 이거 네 잘못이다."

유혹하는 여자에게 좀비라니? 수치심이 끝인 줄 알았는데 아니었다. 수치심 아래 증발이 있었다. 이대로 사라지고 싶다는. 자기 탓이 아니라는 뻔뻔한 표정의 영조와 구를 듯이 웃어 대는 동환 앞에서 사라지고 싶었다. 아니 사라져야 했다. 다행히 앉은 자리에서 화장실이 멀지 않다는 생각이 떠오르자마자 튀어 오르듯 일어나 뛰었다.

그러나 사라지고 싶은 여자보다 더 빠른 사람은 여자 친구에게 맛있는 케이크와 커피를 가져다주려는 남자였다. 고개도 들지 못한 채 뛰어나가다 급하게 오던 남자와 부딪혔고 청순함의 진리라며 은솔이 코디해 준 하얀 셔츠와 청바지가 찐득한 케이크와 커피로 범벅이 됐다. 케이크와 커피 값은 내가 물어야 되나, 하얀 셔츠에 묻은 얼룩은 지워질까 하는 걱정에 앞서 그 순간 내가 바란 건 단 하나였다.

신이시여, 저기 앉은 세 사람이 기억 상실증에 걸리게 해 주세요. 그게 안 되면 두 남자만이라도, 제발이요!

랑자 언니

우리, 아무것도 묻지 않기로 해요.

대문에 쓰인 이 말에 빠져 '영혼의 방랑자' 블로그를 들여다보기 시작했다. 내 인생도 알지 못하는데 타인의 삶에 무슨 할 말이 있을까. 당연하죠, 저도 남부끄러운 사연이 엄청나게 많거든요. 비밀이라면 걱정 붙들어 매세요.

처음 '영혼의 방랑자' 블로그에서 빌려 온 사진은 여름의 토스카나 풍경이었다. 창으로 발도르차 평원이 보이는 소박한 농가 민박집에서 보낸 며칠간의 일상을 올린 여행기는 담백하면서도 울림이 있었다.

그 여행기에서 '영혼의 방랑자'님은 한국에서 회사를 다니다 번아웃이 와서 그만뒀고 마음을 치료하기 위해 퇴직금으로 해외를 돌아다니고 있음을 밝혔다. 토스카나의 뜨거운 태양 아래서 발도르차 평원을 무작정 걸으면서 '나를 배신하고 떠난 그'를 이해하려고 노력했다고. 그가 아니라 '나'를 위해 평온해지고 싶다면서.

디테일의 차이는 있었지만 나도 '나를 배신하고 떠난 그'가 있었기에 살갗이 벗겨지고 발에 물집이 생기도록 걷는 여행기를 읽다 울고 말았다. 아빠 사건 직후라 절절한 상실감을 이해할 수 있었고 눈물에 취해 무작정 메시지를 보냈다.

> 배신자를 왜 이해하려 하나요? 왜 용서해야 하나요?

얼굴도 모르는 중학생의 느닷없는 분노에 귀 기울여 줄 거라 생각하지 않았는데 어느 날 답장이 왔다.

> 아무것도 묻지 않기로 했는데……ㅎ 아직 용서하진 못했어요
> 내 마음의 평화를 위해 노력하고 있을 뿐

그렇게 '영혼의 방랑자' 주인장 '랑자 언니'와 인연이 생겼고 종종 들러 마음에 드는 사진을 내 SNS 계정으로 퍼다 날랐다. 다람쥐가 긴 겨울을 나기 위해 도토리를 챙기듯 나도 언젠가 떠날 그날을 위해 여행지의 정보를 차곡차곡 모았다.

레스페베르(resfeber). 내가 제일 좋아하는 외국어다. 스웨덴어로 여행을 떠나기 전의 흥분되고 불안한 마음을 뜻한다고 하는데 안타깝게도 나는 이 감정을 느껴 본 적이 없다. 어디로도 떠나지 못하는 방구석 여행자니까.

사실 세계 여행은 아빠의 소년 시절 꿈이었다. 딸 바보(인 줄 알았던) 아빠는 내게 그 꿈을 물려주었다. 집을 베이스캠프 삼아 세계 곳곳을 여행하는 세계 시민이 되라고 하면서, 우리 미래가 미래에 어떤 곳을 다니고 있을까를 상상하면 아빠까지 덩달아 행복해진다고 말했다.

원래 '세계 시민' 첫 프로젝트 시작은 작년 겨울 방학 때였다. 파워 J인 엄마는 유럽 여행을 위해 장기 계획을 세웠다. 휴가와 돈을 모으며 흐트러짐 없는 계획도 세우면서. 그러는 사이 아빠와 엄마의 사이가 변했고, 아빠의 사고가 났고, 아빠의 배신을 알게 됐다. 엄마는 여러 상황에 무기력해졌고, 이제 여행은 아예 말조차 꺼낼 수 없게 되었다.

상황이 달라졌지만…… 꿈은 변하지 않았다. 그러니 지금도 노트북 화면으로 콜로세움을 보면서 한숨 쉬고 있겠지. 수천 년 전 만들어진 건물인데 거짓말처럼 견고하고 아름다웠다.

"유럽 여행의 첫 시작은 무조건 로마야. 도시 자체가 거대한 박물관인데 이걸 놓칠 수 있겠냐고."

랜선 여행을 하다 보면 자연스레 아빠가 떠올랐다. 배신자의 목소리를 지우려 다시 프라하로 위치를 바꿨다. 방구석 여행의 최대 장점은 순간 이동이 가능하다는 것이다.

좌표를 하벨 시장으로 놓고 구석구석을 훑어봤다. 랑자 언니도 이곳을 지나갔겠지? 유럽을 떠돌던 랑자 언니는 지금 프라하의 민박집 직원으로 잠시 정착 중이었다. 랑자 언니의 프라하 생활을 읽으면서 벨벳 혁명이라는 역사적 사건도 배웠고 애니메이션 패트와 매트의 고향이 체코였다는 것도, 굴뚝 모양의 빵이 유행이라는 사실도 알게 됐다. 화질이 좋아서 노점상마다 매달린 마리오네트 인형도 선명하게 보였다. 내가 눈으로 직접 보는 날이 오긴 할까…… 휴, 긴 한숨이 나왔다.

그때 띠링, 메시지가 왔다.

> **무릎은 괜찮아? 심하게 넘어져서 걱정했는데**

아래에 파이팅 하는 귀여운 이모지가 덧붙어 있었다. 이것은 우정일까, 어장 관리일까…….

'홍은솔 이 계집애 때문에 정말!'

95퍼센트의 확률로 확실하다며, 전 재산을 걸었던 은솔의 장담과는 다르게 동환은 라스카가 아니었다. 은솔의 말을 믿은 내가 바보지. 은솔은 재정 상태가 마이너스라는 이유로 전 재산을 내놓지도 않았다.

그날 망신과 더불어 부상도 입었다. 화장실로 향하다 부딪힌 무릎에 시퍼런 멍이 들었는데, 절뚝거리는 내 모습을 본 주혜가 근육통에 좋은 연고가 있다며 발라 줬다.

"이거 바르면 완전 직방이야. 악마의 발톱이라는 약초 추출물로 만들었다는데 이게 헝가리의 국민 연고란다."

헝가리 국민 연고는 어디서 구했을까 싶어 물었더니 동환에게 선물을 받았다고 했다.

"겨울 방학 때 동환이 가족들이랑 유럽 여행 갔다 왔잖아. 열흘 넘게 갔다 오면서 아주 거기 살다 온 것처럼 굴었다니까. 연고, 마그넷, 키링 같은 선물 많이 돌렸는데 못 받았어?"

주혜가 동환에게 선물 받은 아이들 이름을 줄줄이 말하는데 열 명도 넘었다. 그 명단에 나랑 은솔은 없었다. 그때까지만 해도 동환이 라스카가 아니란 확신을 못 했기에 좋아하는 티를 내지 않으려고 일부러 선물을 안 줬나 생각도 했지만……

"선물뿐이야? 애들한테 주소 물어봐서 엽서도 엄청 보냈어. 내 엽서는 부다페스트 소인인데 채림이는 프라하 소인이 찍혀 있다고 하더라."

거기서도 나와 은솔은 빠졌다. 라스카의 정체를 떠나서 그냥 기분이 나빴다.

"와, 나쁜 놈, 사람을 차별해!"

결국 화가 난 은솔이 씩씩거리자 주혜가 달랬다.

"차별은 무슨. 너는 작년에 같은 반 아니었잖아. 겨울 방학 때 갔다 와서 2학년 같은 반 애들한테만 준 거였어."

주혜 변명을 들으니 더 빈정 상했다.

"차별 맞거든. 나는 작년에 같은 반이었단 말이야."

일이 더 커지는 것 같다 느꼈는지 주혜가 가까이 모이라는 손짓을 했다.

"야, 아무 의미 없어. 우리도 들러리였어. 사실 동환이가 채림이 좋아하잖아. 괜히 채림이한테만 주기 눈치 보이니까 이 애 저 애 다 돌린 거야."

"채림이를 좋아했어? 언제부터?"

워낙 소문에 둔한 나야 그렇다 해도 은솔까지 처음 듣는 얘기였는지 눈이 동그래졌다.

"자세히는 모르지만 오래됐을걸. 홍은솔, 아무리 실연 전문이라 해도 업데이트가 너무 늦다."

그제야 주혜는 우리가 몰랐던 동환에 대한 이야기를 해 줬다. 어장 관리남이나 어부 소리를 듣기엔 동환이 너무 억울하다고, 자기가 동환과 헤어지고도 다시 친하게 지낼 수 있는 것도 순수한 그 마음을 알기 때문이라고.

"사실 고동환 한 번도 먼저 고백한 적이 없어. 여자애들이 고백하면 다 받아 준 거야. 나한테도 그랬고."

그런 게 바람둥이라는 은솔의 지적에 주혜가 고민하듯이 미간을 좁혔다.

"뭐, 그렇게 볼 수도 있는데 동환이는 조금 달라. 양다리를 걸치지는 않으니까."

동환은 상대방이 상처받을까 봐 고백을 받아 주는 거란다. 주혜는 그런 면에서 동환이 어장 관리남이 아니라 순정남에 가깝다고 말했다.

"결국은 다 헤어졌잖아. 그게 뭐야?"

내 말에 주혜도 맞다며 고개를 끄덕였다.

"결국은 동환이도 채림이에 대한 마음을 정리해야 할 거야. 고백을 하든지, 아니면 좋아하는 마음을 접든지."

"너는 걔를 그렇게 잘 이해하면서 호진이한테는 왜 그렇게 가혹하냐?"

은솔이 입바른 소리를 하자 주혜가 화난 표정으로 자기 일은 자기가 알아서 한다며 휙 자리를 떴다.

"계집애, 성질하고는."

은솔이 팽하니 돌아선 주혜를 향해 입을 삐죽였다. 홍은솔, 고작 저런 걸로 성질을 운운해? 나는 있는 힘을 모아 은솔을 노려봤다. 그날의 망신을 생각하면 정말 자다가도 벌떡 일어날 지경이었다. 은솔을 보는데 주먹이 부르르 떨렸다. 내 표정을 본 은솔이 양손을 가볍게 들어 올리며 어깨를 으쓱했다. 이제 와서 뭘 어쩌겠냐는 듯이. 아휴, 저걸 확! 라스카가 누군지는 모르겠지만 내 인생의 안티가 누군지는 확실히 알 수 있었다.

환절기

봄이다. 기상청에 의하면 봄은 평균 기온이 10도에서 15도 사이, 일 최저 기온이 5도 이상일 때를 말한다. 평균 기온은 모르겠지만 어제는 낮 기온이 24도까지 올랐다. 지금 대한민국의 4월은 88프로 봄에 12프로 여름이 섞여 있다. 가뜩이나 더운 봄밤에 은솔이 메시지를 보냈다.

> 피똥 쌀 정도로 매운 떡볶이 ㄱ?

여러모로 이상했다. 글 올린 시간이 오후 7시 42분이라면 은솔이 영어 학원에 가지 않았다는 뜻이었고, 거기다 개인톡이 아니라 영조도 있는 다람쥐 단톡방이었다. 무엇보다 '피똥 쌀 정도로 매운' 맛을 찾는 건 심상치 않은 조짐이었다. 은솔은 힘들수록 매운 음식을 먹는 아이였다.

피똥이 뭐니? 혈변이란 고급 단어도 있는데. 암튼 ㄱㄱ

학원을 안 가는 날이라 이미 저녁을 먹었지만 은솔의 청을 거절할 수는 없었다.

혈변은 고급이니? 하여튼 수준하고는. 이따 어디로 감?

한 문장만으로 나를 화나게 만드는, 학원에 있을 영조도 가능하다는 답을 했다. 지질한 녀석이지만 갸륵한 우정만큼은 인정할 만했다.

먼저 온 은솔 앞에 주문한 떡볶이가 놓여 있었다. 표정만 보면 테이블 위에 있는 것이 지옥의 맛 떡볶이가 아니라 지옥의 문인 것 같았다. 15년 인생을 걸고 내가 본 은솔의 모습 중 가장 심각한 얼굴이었다.

"무슨 일인데?"

우유를 들고 온 영조까지 자리에 앉았을 때 물었지만 은솔은 지금 말하면 떡볶이 못 먹는다면서 대답을 미뤘다. 나도 매운맛을 좋아하지만 지옥의 맛은 이름만이 아니라 정말 지옥을 맛보게 해 줬다. 눈이 뒤집히고 목구멍이 타들어 가는 느낌이었다. 원래 매운 음식을 못 먹는 영조는 떡 몇 개를 건져 먹더니 500밀리리터 우유 한 팩을 다 들이켰다. 오로지 은솔만이 지구의 운명이 달린 미션을 앞에 둔 표정으로 그 많은 떡볶이를 먹어 치웠다. 혈변 당첨이다.

은솔은 해피 실연 클럽의 테라피 코스를 따라 간 빙수집에서야 입을 뗐다.

"우리 집 소식 다 들었지?"

우리 집 소식? 얼떨떨한 나와 달리 영조는 고개를 끄덕였다.

"지난주에 우연히 알게 됐어. 엄마가 아줌마랑 통화하는 소릴 듣고."

은솔의 일그러지는 표정에 영조가 급하게 변명했다. 피똥 쌀 정도의 매운맛이 필요한 일은 도대체 뭘까?

"뭔데? 알아듣게 좀 말해."

"엄마 아빠 이혼한대. 정확하게는 이혼 준비 중."

엄마가 물었던 '별일'이 이거였구나. 은솔도 좀 전에 진솔 언니에게 들어 알게 됐다고 했다.

"진솔 언니는 이미 알고 있었던 거네."

진솔 언니가 말했다면 사실일 확률이 높았다. 허튼소리는 하지 않는 사람이니까.

"아직 결정된 건 아니라고 두 분 앞에서도 아는 척하지 말래."

다른 때라면 챙챙 숟가락에서 불꽃이 튈 정도로 싸웠을 텐데 지금은 빙수가 녹고 있는데도 아무도 숟가락을 들지 못했다. 은솔만큼은 아니겠지만 나도 두 분이 이혼한다는 소식에 충격을 받았다. 사포자인 내가 보기에도 결혼의 모범이라 생각할 만큼 보기 좋았던 두 사람이었다.

은솔의 부모님은 평등부부상을 받은 적도 있었다. 개인의 인격을 존중하기 위해 결혼 후에도 서로를 준서 씨, 영아 씨라고 불렀고 육아와 집안일을 정확히 분담했다.

은솔 집에서 가족 모임이 있던 날, 미처 넥타이도 풀지 못한 채 저녁을 준비하던 아저씨 모습은 인상적이었다.

"그냥 시켜 먹자니까. 가뜩이나 바쁜 사람을 이렇게 부려 먹네."

주방이 빤히 보이는 소파에 앉은 영조 아줌마는 좌불안석이었다.

"영조 엄마가 그렇게 말하면 내가 서운하지. 출근만 안 하지 나도 바쁜 사람이에요."

은솔 아줌마는 프리랜서 번역 일을 하면서 정기적인 봉사도 했고 사교 모임도 많아 거의 매일 바깥 활동이 있었다.

"반찬은 다 사 왔고 은솔 아빠는 딱 된장찌개 하나 하는 거예요. 일종의 퍼포먼스니까 맘 편히 봐도 돼요."

두부를 썰던 은솔 아빠도 말을 보탰다.

"퍼포먼스 맞아요. 저도 우리 딸들 보여 주려고 일부러 하는 겁니다."

"당신, 은솔 아빠 말 들었지?"

불똥은 엉뚱하게 영조 아빠에게로 튀었다. 집안일에 영 관심이 없던 아저씨는 진땀을 빼며 앞으로는 잘하겠다고 약속했다.

"너희 모두 아저씨 약속의 증인들이다."

영조 아줌마가 보드게임을 하던 우리들에게까지 말하면서 공증을 받았다. 저녁을 먹은 후 칼질이 서툰 은솔 아저씨가 과일을 깎다 손가락을 베었을 때도 아줌마는 손에 밴드를 붙여 주었을지언정 그 일을 대신 하지 않았다.

"이를 어째. 제가 할게요."

보다 못한 엄마가 칼을 달라고 했을 때도 두 분 다 냉정하게 거절했다.

"괜찮아요. 오늘의 호스트는 끝까지 저니까 맘 편히 놀다 가세요."

다른 집에서는 보지 못한 모습이었다.

"우리 엄마 아빠 결혼 조건이 뭐였는지 알아? 평등하고 민주적으로 사는 거였대."

두 분은 은솔의 말처럼 살아가고 있었다. 그 말을 할 때 은솔의 표정에는 분명 뿌듯함이 서려 있었다. 그런 두 분이 이혼을 한다고? 믿기지 않았다.

"분위기 험악하겠네."

아빠의 사고가 있기 전부터 싸늘했던 집안 분위기가 생각나서 은솔이 얼마나 힘들까 싶었다.

"싸우지도 않아. 그랬으면 나도 알았겠지."

"그게 가능해?"

"내 말이. 근데 언니한테는 미리 말했나 봐. 오래 살다 보니 삶의 지향점이 달라졌고 그래서 평화롭게 각자의 삶을 살기로 했다고."

사랑하지 않기에 이혼을 하는 거 아닌가? 그런데 어떻게 평화로운 이혼이 가능하다는 걸까? 아빠처럼 바람피운 것이 아니라서 가능한 걸까.

"아직 결정된 것도 아니라며. 미리 걱정하진 마. 그리고 너는 듣기 싫겠지만…… 평화롭게 이혼을 준비한다는 것도 너무 두 분 스타일 같아서 보기 좋아."

우리 집 사정처럼 지저분하지 않아 부럽기도 했다. 적절한 위로가 아니었는지 은솔이 고개를 저었다.

"그렇게 말해 줘서 고맙긴 한데, 나는 가끔씩 엄마 아빠의 사고방식이 부담스러워."

처음 듣는 말이었다.

"우리 부모님 모습이 다른 사람들 눈에 진보적이고 모범적으로 보이는 거 알아. 실제 그렇기도 하고. 그런데 두 분이 지키려 하는 가치관 때문에 주위 사람이 힘든 것도 사실이야. 예를 들면 할머니가 집에 오셨을 때도 엄마는 원래대로 아빠에게 집안일을 시켜. 할머니 표정이 안 좋은 걸 뻔히 보면서도 말이야."

은솔의 할머니는 돈 벌어 오는 사람에게 가사 분담을 꼭 시켜야겠냐며 큰소리를 냈다고 했다. 은솔도 할머니가 계신 그 며칠은 군이 그렇게까지 해야 하나 생각이 들었다고 했다.

"그런 사정까지는 모르지만 나는 너희 부모님 멋지다고 봐. 자식들도 개별적인 인격체라고 존중하는 모습, 세상 쿨하잖아."

평소에 성적 때문에 잔소리를 많이 듣는 영조는 자유로운 분위기의 은솔네를 부러워했다.

"안 믿을 것 같은데 가끔은 영조 네가 부러워. 아니, 그런 순간이 많았어. 우리 부모님은 나에게 언제나 너의 인생을 살라고 말해. 듣기엔 진짜 좋은 말이지. 그런데 나한테는 아직 면허도 안 딴 사람한테 차를 맡기면서 안전 운전 하라는 말처럼 들려. 진솔 언니는 모르겠지만 나는 나에게 맡겨진 자유와 책임이 버거워."

엄마 아빠를 닮아 쿨하다고만 생각했기에 은솔에게 이런 고민이 있을 거라고는 생각도 못 했다.

전화도 안 받고 어디야?

레벨 테스트 받는 날이라며?

수업 받다 어디로 사라진 거야?

지옥의 맛 떡볶이 탓인지 영조가 화장실 간 사이, 테이블 위에
놓인 영조 핸드폰으로 메시지가 보였다. 나와 은솔은 영조 아줌
마의 분노를 고스란히 읽었다.

"미련한 놈 같으니라고. 레벨 테스트라도 받고 오지."

"아줌마 손 크지?"

화장실에 다녀온 영조는 우리의 걱정도 모른 채 해맑은 얼굴이
었다.

"빙수 남았는데 벌써 일어나?"

자리를 정리하는 동안 메시지를 읽은 영조 얼굴이 굳어졌지만
우리 앞이라 그런지 애써 아닌 척했다.

"부모의 이혼을 앞둔 소녀와 학원 빠진 거 들켜서 맞을 예정인
소년, 둘 중에 누가 더 불쌍해?"

은솔이 작게 물었고 내 대답 때문에 떡볶이 값은 나와 은솔이
나눠 냈다.

빙수집을 나왔는데 어디선가 꽃향기가 풍겼다. 봄밤은 이토록
아름다운데 인간들은 왜 이렇게까지 복잡하게 사는 걸까. 지이잉,
다시 울리는 영조의 핸드폰. 핸드폰을 확인한 영조가 먼저 간다며
급하게 뛰어갔다. 나의 천적, 나의 원수이지만 이 밤은 영조를 위

해서 특별히 기도했다. 중학교 때 배구 선수로 날렸다는 엄마의
등짝 스매싱에서 무사하기를, 혈변의 저주도 피해 가기를…….

마음은 예측 불가

이선의 별명은 '잠자는 4교시의 왕자'였다. 과목에 관계없이 4교시만 되면 꾸벅꾸벅 조는 것 때문에 생긴 별명이었다. 그런 녀석이 점심시간만 되면 누구보다 눈이 초롱초롱해지고 말도 많아졌다.

"어젯밤 뉴스에 나온 비행기 영상 봤어? 식판 떨어지고, 음식물 튀고 아주 난리도 아니더라. 이제 싸구려 비행기는 무서워서 못 타겠어."

이선이 난리 난 비행기를 표현하듯 팔을 이리저리 흔들었다. 깡마른 이선이 그러니 새로 오픈한 가게 앞의 풍선 인형 같았다.

"저가 비행기 탓이 아니라 난기류 때문이야. 이상 기온 때문에 난기류가 심해져서 앞으로도 계속 위험할 거래. 그럼에도 굳이 비행기를 타야 한다면 소형보다는 대형이 좀 더 안전하겠지."

풍선 인형처럼 까부는 이선을 보며 다들 웃고 있을 때 진지하게 뉴스를 설명할 수 있는 사람은 우리 반에 호진밖에 없었다. 놀랍게도 지금 호진 옆에는 주혜가 앉아 있다. 그것도 히죽히죽 웃으면서.

주혜가 호진의 바람을 용서했냐고? 그럴 리가. 애초에 양다리나 바람이 아니었다. 문제의 그날, 호진이 만난 여자는 같은 과외 그룹에 속한 학생이었다. 그 말을 주혜에게 미처 못 한 이유는 떨어진 성적 탓에 핸드폰을 엄마에게 압수당했기 때문이었다. 호진이 집에서 과외를 한 후 버스 정류장에 데려다주면서 음료를 마신 게 전부였는데 하필 그 장면을 수민에게 들켜 버렸고, 더 재수 없게 웃는 장면이 찍혔던 것뿐이었다. 수민이 찍은 사진이 주혜가 말한 증거였다.

주혜는 수민에게 사진을 받자마자 호진을 만나 '양다리'를 걸친 놈하고는 단 일 분도 같이 있기 싫다면서 일방적으로 이별을 통보했다.

"그렇게 말하면서도 나는 호진이가 매달릴 줄 알았어. 기다렸다는 듯이 프로필까지 바꿀 줄은 몰랐단 말이야."

주혜의 얘기를 들으면서 은솔이 고개를 절레절레 흔들었다. 너는 여자 친구라면서 호진을 그렇게 모르냐는 뜻으로. 모태 노잼에 진지 대왕 호진은 주혜가 하는 말이라면 이선이 전교 1등을 했다고 해도 믿을 아이였다. 주혜의 이별 통보를 호진은 진심으로 받아들였고 눈물을 흘리며 SNS 프로필을 수정했다. '행복한 연애 중, +89' 같은 사랑의 흔적을 지우면서. 그것 때문에 주혜는 더 분노했고 사건의 진실을 알 기회는 사라져 버렸다. 억울한 호진의 사정을 들은 영조와 동환이 주혜를 설득해서 다시 만나는 자리를 만들었고 그제야 오해가 풀렸다.

하지만 지금 두 사람은 여전히 실연 중이었다. 주혜에게 이별 통보를 받은 날, 호진은 많은 고민에 빠졌다. 주혜가 아닌 다른 여자를 사귀는 건 호진에겐 상상할 수 없는 일이었다. 그러던 와중 자신이 잘하는 것은 공부밖에 없다는 사실이 떠올랐고 실연의 아픔을 극복하기 위해서라도 공부만 하겠다는 결심을 세웠다. 엄마에게 그 얘기를 했더니 과학고 입학 전까지 연애 금지령을 지키면 핸드폰을 돌려주겠다고 했고, 호진은 그 제안을 받아들였다. 아무튼 눈 씻고 찾아도 그 전과 크게 달라진 것은 없건만 두 사람은 '친구' 사이라고 주장했다.

그런데 친구 사이라면서 왜 저러는 걸까. 호진의 말에 주혜 눈이 반달이 되는 걸 보고 은솔이 내 귀에 속삭였다.

"누가 보면 주혜가 호진이를 낳은 줄 알겠다. 아주 흐뭇해 죽네."

두 사람이야말로 해피 실연 클럽에 가장 적합한 인물이었다.

"이상 기온 진짜 심각하대. 2050년이면 지구도 멸망할 수 있대."

주혜가 이런 말을 하는 날이 오다니. 아마 호진에게 들었을 테지. 그나저나 2050년에 나는 몇 살일까?

"뭐야? 의학 발전으로 120세까지 사는 시대가 되었다는 뉴스도 들었는데 그건 다 뻥이었어?"

볼이 터질 듯 급식을 먹으면서 동환이 불만을 토로했다. 먹고 싶은 게 잔뜩인데 그걸 두고 세상을 떠나려니 속상하겠지. 오랜 짝사랑 채림한테 고백도 못 하고 끝나면 더 마음 아플 테고.

"지구도 2050년까지 사는데, 에휴, 나는 아마도 다음 달이 마지막일 거 같다."

좀 전까지 풍선 인형처럼 몸을 흔들며 까불던 이선이 한숨을 푹 쉬었다. 엄마가 성적을 못 올리면 죽을 줄 알라고 했다면서.

이상 기온이라는 심각한 문제에 당면한 지구보다 중간고사를 앞둔 중학생의 수명이 더 짧을 수도 있다니! 이선의 한숨에 은솔과 주혜도 같이 어깨가 처졌다. 다들 딱하기도 해라.

지구가 멸망하지 않는 한 성적에서 자유로울 중학생은 한 명도 없고 나 역시 그렇다. 전혀 오르지 않는 내 성적 때문에 고민하던 엄마는 영조 아줌마의 꼬임에 넘어가 결국 영조가 다니는 수학 학원에 등록시켜 버렸다. 학교에서 보는 것만으로도 지겨운데 학원에서까지 만나야 하냐고 툴툴거렸지만 공부하러 가지 영조 보러 가는 거냐고 엄마가 따지니 할 말이 없었다.

같은 학원에 다니게 됐다는 걸 알고 영조가 한 말은 이랬다.

"레벨 테스트 보면 반이 달라질 텐데 만나긴 어디서 만나."

작년 기말고사 기준으로 고작 35점 차이였다. 그걸로 잘난 척하기는. 35점을 '고작'이라 부르는 건 아니라고 은솔이 혼잣말을 했지만 못 들은 척했다. 아무튼 나한테 잘 보여야 한다는 것도 모르고 까부는 영조를 보고 있으려니 기가 막혔다.

"미래야, 우리 영조 허튼짓하면 바로 보고해야 한다."

스파이 노릇은 영 체질에 안 맞아서 거절하려고 했는데 영어 학원 버스에 타려는 내 주머니에 영조 아줌마가 드러그 스토어 기프트 카드를 확 찔러 넣었다. 생각지도 못한 계약금까지 받게 돼서 몹시 난처했다.

학원 셔틀버스는 영조와 함께 탈 수밖에 없었다. 거기에 아파트 앞이 셔틀버스의 마지막 승차장이라 맨 뒷줄 두 자리만 남아 있었다. 흑역사의 그날처럼 나란히 앉아 가는데 영조가 프린트 한 장을 내밀었다.

"이거 작년 학원 레벨 테스트야. 아마 올해도 비슷할 거니까 잠깐이라도 보면서 가."

무슨 속셈이지? 영조는 절대 나에게 친절을 베풀 녀석이 아니었다.

"왜 이러는 거야? 혹시 아줌마한테 무슨 소리 들었냐?"

나한테 염탐을 맡겼다는 말이라도 들었나 싶어서 물었는데 영조는 영 모르겠다는 표정이었다. 그럼 왜?

"학원에서 내 소개로 온 줄 안단 말이야. 네 점수가 낮으면 나까지 망신이라고.”

유명 연예인도 아닌데 내겐 전담 악플러가 있다. 그것도 가까이, 더구나 음성 지원도 가능한 전천후 기능의. 생각할수록 기가 막혔다. 그깟 35점 차이 내가 확 뒤집고 만다, 영조한테 쏘아붙이려고 했지만 은솔의 말처럼 ‘고작’은 아니란 생각이 들었고 일단 급한 불부터 끄기로 했다. 영조 손에서 프린트를 빼앗아 암기했다.

학원 상담실에서 레벨 테스트를 기다리는데 강의 프린트를 받으러 온 여학생이 나를 보더니 앗, 하고 소리를 쳤다.

“너 우리 학원으로 옮겼어?”

‘너’라면 나? 상담실에 아무도 없었으니 나한테 한 말이었을 텐데 처음 보는 아이였다.

“나를 알아?”

교복을 안 입었지만 확실히 우리 학교 애는 아니었다. 넓지 않은 교정을 오가면서 만난 적 없는 얼굴이었다.

“뭐야, 나를 기억 못 하는 거야? 서운한데. 암튼 자세한 얘기는 나중에 하자.”

큰 키에 쇼트커트를 한 아이는 3학년 A반이라 표시된 프린트를 들고 복도로 나갔다. A반이면 영조랑 같은 반이었다. 진짜 나를 안다고? 혹시 다른 사람이랑 착각한 건가? 생각해 보니 내 이름도 부르지 않았다.

"그냥 조선의 흔한 얼굴로 살아. 자기주장 강한 네 이목구비는 화장으로도 안 바뀐다고."

틴트를 발랐던 날 영조가 한 말이었다. 다시 생각해도 열받는 말이지만 아무튼 영조 말대로라면 흔하게 생긴 얼굴이라 착각했을 가능성도 충분했다.

레벨 테스트는 영조 말대로 작년과 비슷한 수준으로 나왔다. 문제는 비슷하게만 나왔다는 거다. 문제랑 답을 외웠는데 똑같지는 않으니 미리 본 프린트가 아무 소용이 없었고 결과는 C반이었다.

테스트를 마치고 곧장 집으로 가려다 아까의 여학생이 생각나서 A반 교실을 슬쩍 훔쳐봤다. 칠판을 향해 뒤돌아선 아이들 틈에서 아까의 여학생은 안 보였다. 분명 A반 프린트물을 들고 갔는데…….

강의실 가운데 영조가 보였다. 아줌마의 지령을 수행해야 한다는 사명감으로 잠시 영조를 노려봤다. 게임의 후유증으로 살짝 굽은 등에 촌스러운 뿔테 안경, 365일 비슷한 디자인으로 번갈아 입는 후드 티셔츠에 무릎 나온 트레이닝팬츠. 뒷모습만 보이지만 분명 입술을 앙 다물었을 테다. 집중할 때면 나오는 습관이니까. A4용지보다 조금 큰 창문을 통해 뒷모습만 봤을 뿐인데도 볼품없고 초라한 영조의 모습이 3D 입체 영상처럼 선명했다.

'저러니 모태 솔로지. 저런 녀석을 누가 좋아하나!'

돌아서려는데 옆에 앉은 여학생이 영조에게 프린트를 건넸다.

건네기만 한 게 아니라 활짝 웃었다. 어머, 쟤가 왜 여기에? 불현듯 주혜의 말이 생각났다.

"겨우 한 달 하고 그만두는 게 말이 되냐고. 걔네 엄마도 선행 잘 빼 주는 능력 있는 선생을 놓치기 아깝다고, 도대체 왜 학원에 가냐고, 학원에 꿀 발라 놨냐면서 이해할 수 없다고 했대. 문제는 그 과외 선생이 우리 엄마가 소개한 사람이었단 말이지. 우리 엄마 입장이 얼마나 난처했겠니?"

모전여전 주혜만큼 발이 넓은 주혜 엄마가 옆 학교 전교 2등을 가르치는 수학 과외 선생을 소개해 준 사람은 우리 반 반장 채림이었다.

"그러게, 돈이 비싸서 그렇지 과외가 성적 올리는 데는 더 효과가 좋을 텐데."

은솔도 말했고 나도 같은 생각이었다.

채림이 고집스럽게 수학 학원으로 다시 돌아온 이유는 뭐였을까? 문제를 물어보려는 건지 채림은 의자를 영조 쪽으로 바짝 붙였다. 어깨가 닿을 것처럼. 학교에선 둘이 저렇게 가까이 있는 걸 본 적 없었다. 영조보다 채림 성적이 훨씬 좋은데, 수학 점수도 더 좋은 걸로 알고 있는데, 한 달 동안 선행도 많이 했다고 들었는데, 그런데도 영조에게 물어볼 게 있다고? 채림의 엄마가 학원에 발라 놨다고 했던 '꿀'이 설마 영조를 말하는 건가?

고개가 절로 흔들렸다. 채림이 뭐가 부족해서 영조를? 싫었지만 사랑은 프리스타일이라는 은솔의 말이 떠올랐고 뒷모습만 보이는데도 어쩐지 둘 사이에 찌릿찌릿 전기가 통하는 것 같았다.

'저것들 봐라?'

어울리지 않는 모습에 피식 웃어 주려고 했는데…… 입꼬리가 굳은 듯 올라가지 않았다. 이 감정은 뭐지? 익숙하지 않은 감정에 나도 당황스러웠다.

은솔과 주혜가 언제까지 감추고 있을 거냐며, 채림에게 어서 고백하라고 동환을 부추겼다던데, 괜히 설레발친 두 아이와 오래 품어 온 마음을 고백했다 망신당할 한 녀석 때문에 걱정이 돼서 그런가 싶었지만 냉정하게 그 이유는 아니었다.

걷잡을 수 없이 이글이글 타오르는 감정은…… 복수심이었다. 나의 첫사랑을 망친 영조를 향한.

모범생의 플러팅

"말이 되냐? 채림이가 왜 영조를 좋아해?"

은솔은 내 말을 귓등으로도 안 들었다.

"영조 옆에 앉아서 엄청 꽁냥거렸다니까."

"내가 플러팅에 무지 너그러운 사람인 거 알지? 그래도 둘 사이에 생길 수 있는 장르가 로맨스는 아니다에 내 전 재산 건다."

"그럼 나는 채림이 플러팅 중이라는 거에 손모가지 걸게."

결국 며칠을 지켜보기로 했다. 채림은 결코 노골적인 행동을 하지 않았지만 고화질 CCTV 버금가는 내 시야에 바로 걸려들었다.

그날 채림은 사회 공책을 걷어 교무실로 가다가 영조 책상 위에 내려놓으면서 작업을 시작했다. 아무것도 모르는 영조는 자신이 들겠다고 했고, 채림은 미안해서 안 된다며 결국 영조와 반반

씩 나눠 들고 교무실로 갔다.

"힘들어서 그랬겠지. 채림이 팔 좀 봐라. 어디 공책 서른 권을 들겠냐?"

"처음에 부반장이 한다는 걸 굳이 자기가 하겠다고 우겼잖아. 그리고 교무실로 가면서 왜 앞문이 아니라 뒷문으로 가? 그렇게 몇 걸음 가다가 하필 영조 책상에 공책을 내려놓는 건 뭐냐고?"

내 말에 은솔은 흠, 소리를 내며 생각에 잠기더니 의심스러운 측면이 있긴 하다고 애매하게 대답했다.

급식 시간에도 채림의 행동은 은근히 티가 났다. 원래 채림은 전수민 반효정이랑 같이 밥을 먹었는데 요즘 들어 교무실에 가야 한다거나 화장실에 갔다 온다는 식으로 급식실에 늦게 나타났다. 일단은 친구들이 있는 테이블로 가지만 이미 식판 바닥이 보이는 애들이랑 같이 먹기는 곤란한 상황. 효정이 기다리겠다고 하는 걸 굳이 그럴 필요 없다고 거절하고는 우리 테이블로 왔다.

"축구 때문에 영조만큼 빨리 밥 먹는 애가 없는데 우리한테 온다고?"

"그랬었지. 그런데 요즘 아킬레스건 부상으로 축구 못 하고 있잖아. 잘 생각해 봐. 어느 순간부터 채림이가 우리랑 같이 밥을 먹었는지."

거기다 우리는 다이어트 때문에 천천히 먹는 주혜가 있어 늦게까지 급식실에 남아 있었다. 채림이 우리 테이블에 와도 그걸 이상하게 생각하는 아이들은 없었다.

은솔은 뭔가 깨달았다는 듯 모솔 논쟁이 벌어졌던 그날의 기억을 되살렸다. 영조가 고백받은 경험을 말하자 그럴 리가 없다고 다들 비웃는 와중에 유독 채림만이 영조에게 현재 모솔인지 아닌지를 집요하게 물었다.

"맞아, 영조가 다친 이후부터 채림이 우리랑 밥을 먹었어. 이채림 침투력 대단한걸. 그렇긴 하지만 채림이는 주혜랑도 친해. 영조 때문에 일부러 우리 테이블로 왔다고 단정하긴 일러."

은솔은 마지막으로 한 건만 더 잡으면 인정하기로 했고, 기회는 금방 찾아왔다. 자고로 사랑에 빠진 사람의 마음은 헐렁해질 수밖에 없는 법이니까.

중간고사 체육 실기는 배구 패스였고 채림은 승부욕이 남다른 친구였다. 자유방임주의적 교육관을 가진 체육 선생님은 패스 시험 파트너도 번호순이 아니라 알아서 정하라고 하셨다. 파트너를 못 구한 경우에만 중재에 나서겠다고 하면서.

배구 패스를 같이 하기에 가장 유리한 아이는 부반장 유강우였다. 180센티미터가 넘는 큰 키에 긴 팔, 옆으로 빠지는 배구공도 빈틈없이 잡아 줄 터였다. 강우 포섭 작전에 제일 먼저 돌입한 아이는 몇몇 여학생들, 정확히는 나와 은솔, 주혜에게만 '폭스'로 불리는 전수민이었다.

"강우야, 패스 시험 나랑 같이 볼랭?"

'볼래'는 청유형 문장이지만 코맹맹이 수민의 목소리로 들으면 거절하기 힘든 부탁으로 변했다.

"전폭스 왜 저래? 저 정도면 만성 비염이야. 병원 가 봐야 한다니까."

둘을 보고 있던 주혜가 얼굴을 찌푸렸다. 주혜는 호진과의 이별 사건에 지대한 영향을 끼친 수민을 원망했고 그 마음은 현재진행형이었다. 주혜의 눈치가 보여 폭스라 부르지만 따지고 보면 수민의 태도는 한결같았다.

"미래야, 나랑 청소 구역 좀 바꿔 주랑."

"쌤, 너무해용. 이번에 과학 시험 너무 어려웠어용."

참 적응하기 어려운 말투였지만 남녀 모두에게 공평하게 사용하는 건 사실이었다.

"미안해서 어쩌지. 반장이 이미 한참 전에 체육 실기 같이 하자고 부탁했는데."

작년에 우리 학교를 졸업한 사촌 언니가 있어 채림은 실기와 지필고사에 대한 정보를 남들보다 빨리 알고 준비했다. 언제 강우에게 그런 부탁을 했을까. 어쩌면 진짜 폭스는 수민이 아니라 채림일지도 모르겠다.

강우 대답에 수민이 아쉽다는 표정을 지었고 그걸 본 주혜는 고소해 죽겠다는 듯 웃었다. 강우가 배구공을 찾아 들었을 때 채림이 먼저 강우 옆으로 다가갔다.

"강우야, 그냥 수민이랑 해. 수민이가 체육 점수 때문에 스트레스 많이 받잖아."

그 모습을 본 은솔이 내게 속삭이듯 말했다.

"반장이 점수 앞에서 저렇게 너그러운 애였던가?"

그러니까 내 말이. 역시 속내가 금방 드러났다.

"나는 그냥 영조랑 할게. 영조야, 괜찮지?"

아킬레스건을 다친 영조와 패스 연습을 하겠다고? 아이들은 반장이 친한 수민에게 강우를 양보한 걸로 들었을 테지만 나와 은솔은 달랐다. 채림의 행동이 갖는 수상한 신호를 정확히 알아차렸다.

"내 말이 맞지?"

"그러게. 모범생은 플러팅도 은유법으로 하네. 아무도 못 알아차리게."

가뜩이나 눈치 없는 영조가 채림의 속내를 알 리 없으니 은유법이 맞았다. 역시나 아무 생각 없이 채림의 제안에 오케이 사인을 하는 영조. 아휴, 저 멍청이를 어쩜 좋아.

"이제 어떡하지?"

채림의 플러팅을 두 눈으로 똑똑히 봤음에도 은솔의 생각은 달랐다.

"뭘 어떡해? 채림이가 영조 좋아하는 건 당연히 이해할 수도 없고, 같은 여자로서 뜯어말리고 싶은 일이긴 하지만 우리가 뭘 할 수 있는데.”

같은 편인 줄 알았는데 갑자기 입장을 바꾼 은솔 때문에 당황스러웠다. 딱히 반박할 거리가 없어 머뭇거리던 차에 복도를 뛰어다니는 남자애들이 보였다. 개념 없이 가슴만 뜨거운 남자 중학생들은 목적도 없이 복도를 질주하거나, 물에 젖은 휴지를 천장으로 던지는 바보 같은 행동으로 몸속의 열기를 배출시키곤 했다. 그 바보들 중에 동환이 있었다.

“그럼 동환이는 어떡할 건데. 너랑 주혜가 고백하라고 부추겼잖아.”

은솔은 그제야 동환 생각이 났는지 머리를 쥐어뜯었다.

“아, 미치겠네. 우리 엄마가 남의 인생에 끼어들려면 내 인생도 걸 각오로 해야 한다고 그랬는데. 그 말이 맞았어.”

사랑에 관한 거라면 팔 걷어붙이고 나서는 은솔은 주혜의 말을 듣자마자 곧장 집 근처 편의점으로 동환을 불러냈고 채림에 대한 마음을 언제까지 망설일 거냐고 윽박질렀단다. 당연히 동환은 아니라고, 무슨 소리 하는지 모르겠다고 딱 잡아뗐지만 정교하고 집요한 은솔의 말솜씨에 당할 수는 없었다.

“오주혜, 남은빈, 반효정이랑 사귀면서도 마음은 채림이한테가 있는데 그걸 모를 여자가 어디 있겠니? 그거 정말 나쁜 짓이야. 그 애들 넷을 다 모욕한 거라고.”

그제야 동환이 고개를 숙였다. 동환은 친구들을 모욕할 마음이 전혀 없었고 사귀는 동안에는 남자 친구로서 최선을 다했다고 말했다. 사실 남은빈 반효정은 동환이 채림을 좋아한다는 사실도 모르고 있었다. 주혜가 한 말에 은솔이 살을 입혔을 뿐이었다.

동환은 채림을 오래 좋아했고 그 마음을 포기할 수 없는 것도 사실이지만 이상하게 채림 앞에만 서면 괜히 떨리고 자신이 없어진다고 했다.

"설마 성적 때문에? 그게 말이 되냐? 그럼 전교 1등은 누구랑 사귀어야 되냐?"

쏘아 대는 은솔의 잔소리에 동환은 백기를 들었고 자신이 어떻게 해야 하냐고 물었다. 그때 딸기우유를 사러 온 주혜가 등장했다. 상황을 짐작한 눈치 백단 주혜는 은솔과 합심하여 용기를 내어 채림에게 고백하라고 부추겼다.

"채림이를 단념시켜야지. 안 그러면 동환이가 너무 불쌍하잖아."

"그런데 네 말대로 하면 채림이가 안됐잖아."

그렇게도 생각할 수 있겠구나 싶었지만 내색을 하진 않았다.

"아니지. 내가 볼 때 채림이는 영조한테 잠깐 흔들리는 거야. 맨날 고기 먹는 게 지겨워서 라면 찾는 마음이라고. 반면에 동환이는 오랫동안 채림이 좋아했다며. 그러니까 동환이한테 우선권을 줘야지."

내 말에 은솔이 고개를 끄덕였다. 옳지, 다 넘어왔다. 이제 은솔이 뭔가 작전을 세울 테고 나는 옆에서 돕기만 하면 될 줄 알았다.

"동환이가 불쌍하긴 하지만 우선권을 주는 것도 우리가 아니라 채림이야. 우리가 할 수 있는 건 아무것도 없어."

동환 카드도 안 먹힐 줄이야. 방심하는 사이 바로 반격이 들어왔다.

"근데 아까부터 생각했는데, 너 왜 영조 일에 나서는 거야?"

숨이 턱 막혔다. 나도 내가 이렇게까지 영조 일에 신경이 곤두설 줄 몰랐다. 채림이 영조를 좋아한다는 사실에 이다지도 불쾌하고 화가 나다니.

은솔은 진짜 궁금해 죽겠다는 표정으로 나를 쏘아봤다. 설마 얘가 영조를, 하는 의심도 섞인 눈빛이었다. 뭐라도 답을 하지 않으면 은솔의 의심이 더 깊어질 것 같았다.

"이거 비밀인데, 나 스파이야."

결국 할 생각도 없는 스파이 노릇을 고백하고 말았다.

관계의 방정식

'친구'와 '남자 친구'의 차이는 뭘까? 주혜와 호진은 실연 중이라 하면서도 서로를 호빵아, 쥬쥬야, 같은 구토 유발의 호칭으로 부르며 예전과 다름없이 잘 지내고 있다. 커플 아이템을 빼고 +95 같은 상태 메시지는 없었지만.

"너희 다시 만나는 거야?"

모든 아이들이 궁금해하는 걸 은솔이 대놓고 물었다.

"아닌데. 이제 우리는 커플이 아니고 친구로 만나는 거야."

"친구라고? 근데 무슨 친구가 손을 잡고 다니냐? 전에 사귈 때랑 완전 똑같잖아."

이선도 이해할 수 없다고 했다.

"아니지, 전에는 손깍지를 꼈고 지금은 손만 잡고 다니잖아. 그러니까 친구지."

주혜의 세계관은 정말 이해하기 어렵다. 말도 안 되는 논리지만 워낙 철옹성이라 이선은 공격의 방향을 호진으로 바꿨다.

"우리 눈에는 사귈 때랑 똑같아 보이거든. 그럼 커플과 친구의 차이가 뭔데?"

이선의 질문에 갑자기 호진의 얼굴이 빨개졌다. 도대체 얼굴은 왜 빨개지는 거람. 호진이 말을 하지 않으니 드라마나 영화 속 장면들이 머릿속에서 몽글몽글 떠올랐다.

"확실한 차이가 있네. 뭔데? 빨리 말해 봐."

17 대 1로 싸우면 자신은 1이 아니라 17쪽에 서 있을 것 같다고 솔직하게 말하는 호진. 아이들은 숟가락도 내려놓은 채 호진의 입에서 나올 솔직하고 달달한 이야기를 기다렸다. 하지만 호진의 전 여친이자 현재 친구가 누구인가. 잔머리와 뻔뻔함으로는 누구보다 뛰어난 주혜가 아니던가. 주혜가 입술을 달싹거리며 망설이는 호진을 잡아끌어 자리를 떴다.

"그런 말 같지 않은 질문에 왜 대답을 하려 해!"

대답은 못 들었지만 아직도 호진과 주혜가 좋아하는 사이라는 것은 모두 다 느낄 수 있었다. 계절의 흐름을 바꿀 수 없는 것처럼 좋아하는 마음 역시 막을 수 없는 법이니까.

오랜만에 랑자 언니에게 메시지가 와 있었다. 랑자 언니는 늦은 나이에 민박집 알바를 하려니 쉽지 않지만 그래도 서서히 적응 중이라며 프라하의 일상을 담담히 전했다. 별다를 것 없는 안부 인사였지만 사실 랑자 언니가 하고 싶은 말은 제일 마지막에 있었다.

> 행자 동생, 혹시 라스카의 정체를 찾았으려나? 아무것도 묻지 말라고 써 놨으면서 또 묻게 되네

행자 동생은 '방구석 여행자'의 줄임말로 내 닉네임이다. 이럴 줄 알았으면 아무 얘기도 하지 말걸. 라스카의 편지 도착 시점이 아무래도 이상해서, 프라하에도 느린 우체통이 있는지 물어보느라 라스카 얘기를 털어놓았다. 그때 랑자 언니는 자신이 아는 한은 없다고 답장을 보내 줬다.

라스카에 대한 관심이 부담스러워 랑자 언니에게 답장을 보냈다.

> 사실 저는 사포자예요. 수학 포기한 수포자 아니고 사회 포기한 사포자 아니고 사랑을 포기한 사포자랍니다. 이제 라스카 안 찾을 거예요

한창 일할 시간일 텐데 랑자 언니는 내 글을 읽자마자 답을 보냈다.

사포자라니, 말도 안 돼. 나도 나를 배신한 남자 때문에 마음을 크게 다쳤지만 사랑을 포기하고 싶진 않아. 사랑이 아니라 사람이 잘못한 거니까. 사람 때문에 사랑까지 포기하면 안 돼.

랑자 언니는 사랑에 대한 신뢰 회복을 위해서도 라스카를 꼭 찾았으면 좋겠다고 말했다. 혹시 도울 일이 있으면 언제든지 돕겠다고 하면서.

랑자 언니의 마음은 고마웠지만 이제 나는 본래의 모습에 충실할 생각이었다. 라스카를 찾는답시고 더 이상의 흑역사를 만들 생각은 모기 눈물만큼도 없었다.

"뭐야, 같은 반이었네. 너도 수학은 좀 별로구나."

수학 학원에서 나를 아는 척했던 애를 또 만났다. 그런데 이 무례한 발언은 또 뭐람. 자기도 C반이면서. 가만, 그때 A반 프린트는 왜 가져간 거야?

"놀란 거 보니까 내가 A반인 줄 알았구나? 그때 그냥 심부름이었어. 물론 시킨 사람도 없었지만."

시킨 사람도 없는 일을 왜 한 걸까? 관종의 느낌이 확 왔다. 그런데 나를 알긴 아는 건가? 오래 알고 지내 온 친구처럼 편하게 말을 놓는 것도 몹시 불편했다.

"도미래, 아직도 나를 기억 못 하는 거야? 나는 네 생각 많이 했는데."

일단 내 이름은 알고 있고. 그럼 '알 수도 있는 사람' 가능성 50퍼센트. 나를 생각했다는 건 무슨 뜻일까? 도대체 우리가 무슨 관계인데?

"아참, 내 이름은 차유주야. 궁금해서 미치려고 하네. 하지만 우리 인연은 안 가르쳐 줄래. 그래도 꽤 인상적인 만남이어서 금방 기억날 거야."

차유주. 기억에 없는 이름이었다. 강의를 듣는 동안에도 유주를 자꾸 흘낏거렸다. 인상적인 만남? 내 인생에 그런 말은 존재할 수 없었다. 내가 가는 곳이라곤 학교, 학원, 수영장 정도고 만나는 사람도 열 손가락 안팎으로 굉장히 폭이 좁았다.

가만, 어깨가 제법 넓은 걸 보니 인상적인 만남이 설마 수영장? 주변에 다람쥐 스포츠 클럽을 다닌 아이들이 아주 많았다. 최근에도 은솔과 주말 자유 수영을 다녔다. 수영장에서 유주를 만난 적이 있던가? 문득 아랫배를 봤다. 해피 실연 클럽 때문에 마라탕에 떡볶이에 햄버거까지 섭취했고 아랫배는 먹은 만큼 정직하게 튀어나와 있었다. 이 배가 인상적이란 뜻은 아니겠지? 그런데 수모와 수경까지 착용하면 사람을 알아볼 도리가 없었다. 그럼 수영장은 아닌데, 유주는 도대체 어디서 날 만났다는 걸까?

쉬는 시간에 영조가 C반으로 찾아왔다.

'흥. 내 성적 때문에 망신스럽다면서 왜 찾아온 거람.'

아는 척도 하지 않으리라 생각했지만 일부러 찾아온 친구를 외면하는 것도 우스워서 나가려고 하는데 영조가 복도로 불러낸 사람은 내가 아니었다. 우리 학교 다른 반 아이였다.

그런데 저 녀석 좀 보게. 나랑 눈이 마주쳤으면서도 모른 척해? 어차피 나도 아는 척하기 싫었지만 내가 거절하는 것과 거부당하는 것은 기분이 달랐다. 상당히 불쾌했다. 사람 무시하는 것도 아니고.

"진짜 스파이 노릇 하게? 영조 걸릴 거 많을 텐데."

은솔의 걱정대로 영조의 비밀은 전부 내 눈에 걸렸다. 수학 학원을 오기 전과 영어 학원이 끝난 뒤 영조가 피시방에서 게임을 하는 건 이미 알고 있었다. 이선을 살살 꼬드겨서 영조가 정액권을 끊은 피시방 이름도 알아냈다.

"영조 엄마 배구 선수 출신이란 거 잊으면 안 된다. 입이 간지러울 때마다 그걸 생각하라고."

은솔의 부탁으로 목숨을 살려 주는 것도 모르고 나를 함부로 대해? 저걸 그냥 확!

아줌마에게 문자라도 할까 고민하느라 핸드폰을 쥔 손에 땀이

찼다. 짧은 쉬는 시간이 끝났고 그제야 핸드폰을 가방에 넣었다. 이영조, 내 덕에 산 줄 알아라.

"영조야, 수업 시작해. 빨리 들어가자."

화장실 다녀오던 채림이 영조를 끌고 갔다. 주혜가 호진을 끌고 가는 것처럼 바로 그렇게. 하지만 묘하게 달랐다. 채림은 플러팅을 할 때도 머리가 좋았다. 손이 아니라 영조의 손목쯤을 잡았다. 스킨십인지 아닌지 판단하기 애매하게. 은솔은 채림의 플러팅이 노골적이지 않게 은밀하고, 당하면서도 당하는 줄 모르기에 교묘하다고 했다. 채림만이 할 수 있는 플러팅 방법이라면서.

반장이랑 꽁냥거리는 것도 영조 엄마에게 보고할 '허튼짓'에 해당할까? 그건 아닐지도 모르겠다. 어른들은 공부 잘하는 아이랑 어울리면 좋아하니까. 만약 주혜 성적이 좋았다면 호진 엄마도 사귀는 것에 찬성했을지 모르겠다.

1등만 기억하는 더러운 세상! 기분 나쁘고 치사해서 나도 성적을 올려야겠다. 천리 길도 한 걸음부터고 공부도 결심부터 시작이니까. 분명 그랬는데 결심이 무색하게 차유주가 보낸 사진 때문에 심란해졌다.

고백의 후유증

제14회 해피 실연 클럽을 개최합니다. 장소는 다디져 떡볶이, 시간은 토요일 오후 7시. 전, 현 회원 및 미래의 회원들은 필히 참석 부탁드립니다.

동환은 용감하게 고백했고 정중하게 거절당해 다시 해피 실연 클럽 회원이 됐다.

처음 동환의 계획은 중간고사 마지막 날 채림에게 고백하는 거였다. 혹시라도 시험에 방해가 될까 하는 배려에서였다. 시험 감독 선생님이 OMR 카드를 수거한 뒤 동환이 오늘 시간이 있냐는 말을 전할까 머뭇대는 사이 호진과 가채점을 하던 채림이 눈물을 터뜨렸다.

"반장, 수학 시험 망쳤나 보네."

이선이 안타까운 표정으로 말했고,

"망쳤어도 우리보다는 잘 봤을 거야. 넌 네 목숨이나 걱정해."

은솔이 팩트 폭행으로 받아쳤다. 이선의 엄마가 성적이 안 오르면 죽을 줄 알라고 말했다는 걸 우리 모두 기억하고 있었다.

"너는 어떻게 생존 가능하냐?"

진지한 표정으로 영조가 물었고 이선은 간당간당하다고 대답했다. "죽느냐, 사느냐 그것이 문제로다."는 셰익스피어가 쓴 희곡에 나오는 문장인데 매번 시험을 앞둔 이선의 상황을 이보다 더 잘 표현한 말이 없다는 생각이 들었다.

"그러게 과외를 계속 했어야지. 그나저나 우리 호빵이는 잘 봤으려나?"

주혜 수학 성적도 만만치 않을 텐데 반 2등 호진 걱정을 먼저하다니. 역시 사랑은 위대했다.

사랑은 위대한 만큼 잔인하기도 했다. 사랑도 성적만큼이나 시간과 노력과 정성을 요구하는 일이었으니까. 성적과 영조와의 썸, 두 마리 토끼를 잡으려던 채림은 시험을 폭망했는지 토끼처럼 눈이 빨개진 채 집으로 돌아갔다.

두 마리 토끼를 다 잡는 게 어디 쉬운 일일까. 살짝 쌤통이라 느꼈는데 축 처진 채림의 어깨를 보니 미안한 마음이 들었다. 한 마리의 토끼도 잡기 힘든 동환의 첫 번째 계획은 그렇게 무산됐다.

다음 날도 채림의 기분은 저기압이었다. 원래 공부 잘하는 아이들이 더 성적에 민감했고 채림도 예외가 아니었다. 동환은 눈치를 보느라 채림 근처에 얼씬거리지도 않았고 당연히 말할 기회도 잡지 못했다. 그다음 날도 채림의 얼굴은 펴지지 않았다.

"야, 언제까지 기다릴 건데. 정오표 나오면 더 심각해질 테니까 그 전에 말해."

은솔의 채근을 듣고서야 동환은 채림의 영어 수업이 끝난 후 학원 아래 카페에서 덜덜 떨면서 자신의 마음을 전했다. 해피 실연 클럽이 열린 걸 보면 알겠지만, 결과는 실패였다.

제14회 해피 실연 클럽에는 호진과 영화를 보러 간 주혜를 빼고 다섯 명이 모였다. 여사친들의 고백을 거절하기 힘들어 모두 사귀었을 만큼 여린 아이라 상처가 깊으면 어쩌나 걱정했는데 다 디져 떡볶이를 먹던 날 동환은 그냥 먹성 좋은 남학생이었다. 안경이 습기로 뿌옇게 변했어도 먹느라 정신없는.

"채림이가 뭐라 대답했어? 내 친구는 공부 잘하는 애한테 고백했는데 그때 여자애가 영어로 말해서 그게 거절이란 것도 한참 뒤에야 알았대. 설마 채림이 영어로 말한 건 아니지?"

이선이 refuse, deny 같은 단어를 친구 때문에 외우게 됐다고 말해 한참을 웃었다. 이선 때문에 마음이 풀어진 동환이 이마의 땀을 닦으며 얘기했다. 비록 채림에게 거절당했지만 홀가분하다고. 채림은 동환이 싫은 게 아니라 공부하기에 바빠서 누군가를 사귈 마음의 여유가 없다고 대답했단다.

모범생다운 답변이었지만 진실은 아니었다. 영조 얘기가 쏙 빠졌으니까.

"채림이 이번에 성적 엄청 떨어졌나 봐. 네가 아니라 최애 아이돌이 와서 고백했어도 거절했을 거야."

영조는 자기 몫의 비엔나소시지와 튀김만두를 동환에게 건넸다. 비엔나소시지랑 튀김만두를 양보한다는 건 엄청난 위로였다. 그걸 아는 동환의 입도 헤벌쭉 벌어졌다.

"아이고, 저거 받고 좋단다."

둘이 음식으로 우정을 쌓는 걸 보면서 은솔이 피식 웃었다. 동환은 떨어진 성적 때문만이 아니라 영조가 거절의 원인일 수 있다는 생각은 꿈에도 하지 못했다.

"영조도 모르지 않을까?"

동환에게 해맑게 위로를 건네는 영조도 채림의 마음을 모른다에 나 역시 손모가지를 걸 수 있었다.

"백 프로지. 하여튼 눈치 없는 것들."

은솔도 전 재산을 걸 정도로 확신했다. 채림의 은유법 플러팅은 누구도 알아차리기 힘들 테니까. 그럼 앞으로 영조와 채림의 관계는 어떻게 될까? 채림의 마음을 모르는 영조가 먼저 고백할 리는 없을 테고 플러팅도 은밀하게 하는 채림이 용기를 낼 수 있을지도 장담할 수 없었다. 무엇보다 사랑만큼 높은 성적을 지향하는 채림이 난관을 극복하고 영조와 사귀는 게 가능할까 싶었다. 안타깝지만 사랑은 마음만으로 이뤄지진 않는 법이다.

"너는 아까부터 왜 그렇게 실실 웃어?"

은솔이 내 옆구리를 푹 찔렀다.

"그럼 울어? 해피 실연 클럽에서?"

하마터면 은솔에게 들킬 뻔했지만 나는 이 상황이 썩 마음에 들었다. 채림에게는 미안하지만 내 첫사랑을 망친 영조가 잘되는 건 정말 싫었으니까.

"동환이한테 미안해서 이 말을 할까 말까 망설였는데 아무래도 내 마음이 찜찜해서 해야겠어."

먹성이라면 동환 못지않은 아이가 젓가락질이 느리다 싶더니 이선이 입을 열었다.

"네가 동환이한테 미안할 일이 뭐가 있어? 이번에 얘보다 성적 잘 나왔어?"

치즈볶음밥을 추가하던 은솔이 멈칫하며 이선을 쳐다봤다. 엄마 손에 죽지 않고 살아남았으니 지난번보다야 성적이 올랐을 테지만 그래도 이선이 동환의 등수를 넘었을 거란 생각은 들지 않았다. 이선은 누구보다 튼튼한 우리 반의 바닥이었다.

"실은 채림이가 고백 거절한 게 나 때문인 것 같아서."

이건 또 무슨 해괴한 소리람. 간헐적 도끼병이 도진 건 아닌지

스멀스멀 걱정이 밀려오기 시작했다. 아니나 다를까 이선은 채림이 자연스럽게 급식 테이블에 합류한 것도, 과외를 하다가 학원으로 다시 온 것도 자기 때문인 것 같다고 했다.

"진짜야?"

"설마!"

동환과 영조의 반응에 나와 은솔은 이를 악물고 웃음을 참아야 했다. 물론 이선도 같은 수학 학원이긴 했다. 하지만 절대로, 결단코, 반드시, 사실이 아니었다.

"아닐 거야. 아니, 확실히 아니야. 그러니까 망상 그만하고 어서 먹어."

회장 은솔이 아니라고 했는데 이선은 왜 아니냐고 따지고 들었다. 동환과 영조까지 그럴 수도 있지 않냐고 물어서 나는 물을 마시다 결국 뿜고 말았다.

이 사진을 보면 나를 기억하려나?

유주가 보낸 사진은 얼룩덜룩한 회색의 큰 타일이 쭉 이어져 있는 바닥과 하얀 벽이 있는 어떤 공간이었다. 생뚱맞았다.

이게 뭐야?

그건 네가 생각해야지

　그냥 말해 주면 될 걸 왜 이리 복잡하게 구는 거람. 알려 달라고 부탁할까 생각했지만 친하지도 않은 애한테 그러기는 싫었다. 유주는 관종답게 튀는 행동으로 괜히 사람을 도발했다.

　유주가 보내 준 사진을 자세히 봤다. 바닥에 있는 타일은 싱크대 상판처럼 반짝거렸고 주위에 비교할 물건이 없어 자세히는 모르겠지만 욕실에 있는 것보다는 훨씬 커 보였다. 넓은 타일 바닥이 있을 만한 곳은 어디일까? 인상적인 만남과 타일 바닥이라면 설마 우리 집? 혹시나 싶어 현관문을 열고 복도로 나가 봤지만 사진 속의 장소는 아니었다. 학원에 가서도 바닥을 봤지만 사진과 달랐다.

아직도 못 찾았어? 그럼 포기해도 돼

　유주랑 얽히기 싫으면서도 이까짓 것 하나 못 밝힐까 싶은 오기가 생겼다.

됐거든

힌트 줄게, 처음 만났을 때도 나한테 그렇게 말했어

내가 자주 쓰는 말이긴 했다. 어떤 상황이었을까. 유주가 준 건
힌트가 아니라 옴짝 못 하게 만드는 올가미 같았다.

2부

쪽팔리면 좀 어때?

의문의 1패

"우리 엄마 아빠 이혼 여행 떠난대."

금요일 밤 은솔이 간식거리를 잔뜩 싸 들고 우리 집에 왔다. 은솔은 준 적도 없는 우리 집 자유 입장권을 가지고 있었다.

"이혼 여행? 그런 것도 있어?"

처음 듣는 말이었다.

"있겠냐? 두 사람 머리에서 나온 말이지."

TV에서 워낙 이혼 관련 프로그램을 많이 하고 시청률도 좋다고 해서 여행 상품이라도 나온 줄 알았다.

"이혼 여행은 같이 가는 거야? 각자 따로 가는 거야?"

"같이 간대. 너 이게 이해되니?"

속이 타는지 은솔이 제로 사이다를 벌컥벌컥 들이마셨다. 씩씩거리는 은솔의 기분에 동조할 마음은 없었지만 이해가 안 되는 것도 사실이었다. 헤어질 사람들이 같이 여행을 간다는 게.

"신혼여행만 가라는 법이 있냐면서, 평화로운 이혼을 위해 고민도 하고 추억도 쌓기 위해 가시겠단다. 내가 돌아 버리겠다니까 진솔 언니는 그냥 두래. 어차피 누구 말을 들을 사람들도 아니고, 혹시 여행 갔다가 마음이 바뀔 수도 있는 거라면서."

랑자 언니도 여행을 통해 상처를 극복하는 중이었다. 이혼 여행이 이해하기 힘든 파격적인 일이기는 하지만 랑자 언니의 경우를 보면 아주 허황된 것만은 아니라는 생각이 들었다.

"너야말로 이혼 여행을 지지해 줘야 하는 거 아니야? 해피 실연 클럽 회장이잖아."

"그게 무슨 상관이야. 그리고 실연이랑 이혼이 같냐?"

"비슷하지 않나? 이별이라는 큰 항목을 미혼이랑 기혼으로 나눌 때, 미혼은 실연이고 기혼은 이혼이니까."

나를 노려보는 은솔의 눈빛에서 입 밖으로 나오지 못한 말을 읽었다. '네 문제라도 이럴래?' 이제 은솔의 주특기가 나올 차례였다. 말문이 막힐 때면 나오는.

"아 몰라, 몰라, 모른다고!"

은솔은 눈을 질끈 감고 두 손으로 귀를 막은 채 고개를 막 흔들었다. 아무것도 안 보겠다는 듯이, 아무 소리도 안 듣겠다는 듯이.

제로 사이다 한 병을 다 마신 은솔이 유주 얘기를 꺼냈다. 워낙

발이 넓은 아이라 혹시 옆 학교에 아는 애가 있으면 유주에 대해
알아봐 달라고 부탁했었다.

"영어 학원에 차유주랑 같은 반 친구가 있어 물어봤는데 특이
하긴 해도 평범하고 착한 애래."

그럼 나를 지능적으로 괴롭히는 건 특이함 탓인가? 은솔에게
유주가 보낸 사진을 보여 줬다. 은솔도 건물의 복도 같다면서 별
다른 특징이 없어 찾기가 쉽지 않겠다고 말했다.

"단서가 너무 없잖아. 그냥 포기해. 우리는 편지 속의 그 많은
단서를 가지고도 라스카를 못 찾았단다."

못 찾기만 해? 영조와 동환 앞에서 당한 망신을 생각하면 지금
도 얼굴이 화끈했다.

"잠깐, 이건 뭐야?"

은솔이 가리킨 건 사진의 끝에 작게 찍힌 세 개의 나무 막대기
였다. 복도를 청소하는 대걸레 봉인가 싶었지만 걸레도 없었고
나무의 방향도 나란히 서 있는 구조가 아니었다.

"나무를 위로 쭉 이으면 삼각뿔이 될 것 같은데?"

"삼각뿔 아래는 사각형이잖아. 나무 네 개가 필요하지. 위를 잘
라 냈다고 생각하면 지게 같지 않아?"

지게가 맞을 것 같았다. 민속박물관에나 있을 법한 지게가 왜
현대식 건물에 놓여 있을까? 그럼 이곳은 박물관? 그런데 머릿속
사진첩을 아무리 뒤져도 박물관에 간 기억은 떠오르지 않았다.

정확하게 알아보려 스마트폰으로 지게 이미지를 찾아봤더니 지게의 다리 중 하나는 뒤로 훌쩍 물러나 서 있었고 두 개의 다리에는 멜 수 있는 어깨끈이 달려 있어 사진과 달랐다. 지게가 아니었다.

다시 원점이었다. 나무 막대기 세 개로 이뤄진 구조물은 뭐가 있을까? 아주 조금만 위쪽이 보이면 좋을 텐데……. 내 혼잣말을 들은 은솔이 고개를 갸웃했다. 또다시 나타나는 강력계 홍 반장의 눈빛.

"그니까, 그게 이상하다고. 이 사진은 일부러 자른 거야. 세 개의 나무 막대기 위를 감추려고."

역시나 강렬한 눈빛에 비해 논리는 허술했다. 논리가 허술할지는 몰라도 홍 반장을 함부로 볼 수 없는 이유는 그가 가진 집요함이었다. 은솔은 세 개의 나무 막대로 만들 수 있는 것들을 눈이 빠지도록 찾기 시작했다.

"내가 이 노력으로 공부했으면 서울대 가고도 남았을 거야."

그것도 그냥 가는 게 아니라 장학금을 받으면서. 은솔은 기어이 반질반질한 타일 바닥 복도에 세워진 세 개의 막대기 구조물을 찾아냈다.

주말에 수영장이 아니라 수학 학원에 가는 일이 생길 줄은 진짜 몰랐다. 엄마는 토요일 아침도 안 먹고 늦잠을 자는 나를 보며 잔소리를 시작했다. 어떻게 학원을 다니면서도 그런 성적을 받았냐고, 영조는 거기 다니면서 계속 성적이 올랐다던데 너는 왜 그러냐고, 고등학교는 훨씬 어렵다는데 앞으로 어떡할 거냐면서.

내 인생의 고비마다 태클을 거는 녀석. 영조는 눈앞에 나타나지 않고도 나를 괴롭힐 수 있는 유일한 존재였고 진정한 천적이었다.

한동안 잠잠하던 엄마의 잔소리가 늘어 괴롭다는 내 말에 랑자 언니는 그건 좋은 신호라고 했다. 일상이 돌아오는 징조라면서. 그렇다면 엄마의 잔소리를 기쁘게 받아들이자고 다짐했지만 사실 다른 속셈도 있었다.

"학원 자습실에 간다고? 힝, 그럼 나는 누구랑 놀아?"

시무룩하게 전화를 끊은 은솔에게 잠시 후 메시지가 왔다. 주혜는 예상대로 호진과 구립 도서관에 갔고 동환은 뭘 하는지 연락을 안 받고, 영조와 이선은 너처럼 학원 자습실에 간다며. 글자에서도 은솔의 무료함이 느껴졌다.

도파민 터지는 유튜브 쇼츠 때문에 가야지 말만 하면서 이불 속에 있었는데 은솔의 연락에 벌떡 일어났다. 마음은 바쁜데 침대에서 뒹굴던 머리 꼬라지는 눈 뜨고 보기 힘들었고 입가의 침

자국은 그대로였다. 대충 세수만 하고 나갈까 하다가 똥개도 너보단 깨끗하겠다며 조롱할 영조를 생각하니 가고 싶은 마음이 싹사라졌다. 그랬는데 이번엔 채림이 생각났다.

'혹시 채림이도 오려나?'

영조가 있는 곳이면 어김없이 채림도 있었다. 성적 때문에 포기할 줄 알았는데 예상과 다르게 채림은 여전히 영조에게 은유법 플러팅 중이었다. 아니, 요즘은 대놓고 외모 플러팅까지 병행했다. 곱슬머리를 매직으로 펴고, 안경 대신 렌즈를 끼고, 비비 크림과 틴트를 바르면서. 중학교 3년 내내 채림이 외모에 이렇게 공을 들인 모습은 본 적이 없었다. 아이들도 채림의 몰라보게 달라진 모습에 칭찬을 건넸다. 특히 동환은 바뀐 채림의 모습을 오래도록 흐뭇하게 바라봤다. 고백을 거절당했음에도 여전한 마음을 어쩌면 좋아. 저렇게 한결같은 아이를 어장 관리남으로 오해했다니…….

"그렇게 매직하라고 할 때 안 하더니 어쩐 일이래? 암튼 내 말 듣기 잘했징?"

수민은 채림의 외모 변화가 자신 때문인 줄 알고 있지만 아니었다.

"혹시 나 때문에 저러는 건 아니겠지?"

이선의 도끼병은 아직 치료가 덜 끝났는데 정작 채림의 플러팅 상대 영조는 눈치를 밥 말아 먹은 것처럼 엉뚱한 얘기를 꺼냈다. 채림이 수학 학원에서 양준모와 친하게 지낸다고, 아마도 그 때문인 것 같다고. 얼씨구, 준모 같은 소리 하고 있네. 유유상종이란 사자성어가 괜히 있는 게 아니었다. 아바마마, 소자 어쩌고 하더니 피 한 방울 안 섞였으면서 눈치 없는 건 둘이 똑같았다.

채림 얼굴이 떠오르자마자 머리를 감고 드라이하고 입술에 틴트도 발랐다. 거울을 보는데 나쁘지 않았지만 어쩐지 쑥스러웠다. 무엇보다 왜 이렇게까지 채림을 의식하는지 내 마음을 알 수 없었다.

'아니야, 나는 사포자일 뿐이야. 외모를 포기한 건 아니라고.'

마지막으로 좁쌀 여드름이 잘 감춰졌나 확인하고 학원으로 향했는데 자습실에서 나를 향해 손을 흔드는 사람은 이선밖에 없었다. 눈을 씻고 찾아도 영조는 안 보였다. 파티가 취소된 줄도 모르고 한껏 꾸미고 나타난 신데렐라가 된 기분이었다. 파티에 올 것처럼 헛소문을 흘린 왕자에게 농락당한 것처럼 기분이 나빴다.

의문의 1승

은솔이 강력계 홍 반장의 눈으로 찾아낸 건 화환이었다. 사진 속에 있던 세 개의 나무 막대기는 커다란 화환을 지지하는 구조물이었다. 인터넷 속 화환 이미지에서 위쪽을 가리니 사진과 똑같았다.

"그럼 여긴 어딜까?"

은솔의 말을 듣자마자 왈칵 눈물이 차올랐다. 유주가 보낸 사진 속의 그 장소가 어딘지, 그 복도에 퍼지던 냄새와 소리까지 생생하게 떠올랐다. 아빠의 장례식장이었다.

'그 아이였구나……'

아빠는 지방 국도에서 교통사고를 당해 의식 불명 상태로 병원에 실려와 뇌를 여는 큰 수술을 받았다. 수술은 잘 끝났지만 담당 선생님은 경추 아래로 이어지는 골절이 워낙 심해 예후를 낙관할 할 수 없다고 말했다. 아빠는 그 말처럼 보름이 넘는 시간 동안 생사를 오가는 사투를 벌였다.

그 시간이 사람을 피 말리게 만들었다. 아침이면 오늘은 의식을 회복하지 않을까 희망을 가졌다가, 어두워지면 이 밤을 무사히 넘길 수 있을까 두려워졌다. 보호자 대기실에서 엄마는 자지도 먹지도 못 한 채 긴 밤을 지새웠다. 처음 이틀은 나도 엄마 옆에 있었지만 언제까지 계속될지 모르는 장기전에 미리 기운을 뺄 필요 없다는 주변의 조언에 따라 외삼촌 집으로 보내졌다.

유독 뭔가 안 맞고 틀어지고 어긋나는 날이 있는데 그날이 그랬다. 언제까지 울고 있을 거냐며 외숙모가 사촌 언니와 찜질방에 다녀오라 했다. 간단히 몸만 씻고 나가려니 사우나를 좋아하는 사촌 언니의 아쉬운 얼굴이 보였다.

"먼저 갈 테니까 언니는 더 해. 침대 전세 내서 자고 있을 테니까 천천히 오래 하고 와."

탈의실로 가던 중 노란 곰돌이 푸 인형을 든 아이가 수면 방으로 들어가는 모습이 보였다. 어린 시절 아빠가 사 준 애착 인형도 곰돌이 푸였다. 뭐에 홀린 것처럼 그 아이를 따라 들어갔고 인형을 든 아이의 가족 옆에 누웠다.

왜 그랬을까. 곰돌이 푸 인형을 가슴에 껴안고 지냈던 어린 시절로 돌아가고 싶은 마음이었던 걸까. 아빠는 분명히 자리 털고 일어날 거라는 외숙모의 말이 떠올랐고, 지난 며칠간의 피로에 마음도 노곤해졌다. 잠깐 눈을 감았다 뜨니 세 시간이 흘러 있었다. 그 시간 동안 아빠는 세상을 떠났고, 엄마와 외숙모와 사촌 언니는 전화로 나를 찾았다. 먼저 집에 가 있겠다던 아이가 찜질방에서 세상모르게 자고 있었다는 사실은 알지 못한 채.

허겁지겁 영안실을 찾았지만 차마 미안하고 부끄러워 들어갈 수 없었다. 외숙모에게 먼저 가라고 한 뒤 화장실에서 울다가 뒤늦게 들어갔다. 상복을 입고 있는데 누군가 나를 찾아왔다. 화장실에 두고 왔던 가방을 들고서. 그 애가 차유주였다.

유주가 보낸 사진은 아빠 영안실 앞 복도였다. 몇 개의 근조 화환이 놓여 있던.

> 기억났어, 3호실 앞 복도. 그리고 너도

유주에게 답을 보냈고 금방 답이 왔다.

> 그것 봐. 인상적인 만남이었지?

진짜 인상적인 만남이었다. 고맙다는 인사도 못 했는데 유주는 다음 날 또 나를 찾아왔다. 호기심 때문에 찾아왔나 싶어 불쾌했다. 도대체 뭐가 궁금한 거니? 원망을 담은 눈빛으로 그 애를 노려봤다.

　유주가 다시 찾아오기 전 한바탕 소란이 있었다. 교통사고 경위를 들은 뒤라 여자 동승자가 거래처의 여직원이라는 것은 알고 있었다. 찜찜하긴 했지만 아빠의 상태가 심각해서 그것까지 염두에 둘 정신도, 동승했던 여자가 먼저 세상을 떠났다는 사실도 알 수 없었다. 슬퍼하기에도 힘들던 그때 죽은 여자의 남편이 장례식장에 나타나 아빠가 자신의 부인과 바람피웠다고, 남의 가정을 망쳤다면서 소리를 지르고 욕설을 내뱉은 것이다. 아빠의 외도는 그렇게 알려졌다. 가장 수치스럽고 모욕적인 방식으로.

　아마 상복을 입은 유주도 그 복도 어딘가에 있었을 테니 아빠의 불륜을 알았을 거다. 나와 똑같이 상복을 입은 유주가 물었다. 뭐 도와줄 일 없냐면서.

　"됐거든."

　그때도 나는 그렇게 말했다. 그랬는데 유주가 나를 덥석 안았다. 화장실에서 우는 걸 봤다고, 마음 가는 대로 하라면서. 수군거리는 친척들 틈에서 꼿꼿한 척하느라 눈물 한 방울 흘리지 않았는데, 나는 아무것도 묻지 않는 그 아이 앞에서 눈물을 펑펑 쏟고 말았다. 그런데 그날의 기억을 까맣게 지워 버렸다니.

　몰랐겠지만 너랑 인맥이 꽤 겹쳐. 김이선도 이채림도 친해

> 다음에 다 같이 만나자

좋은 친구가 한 명 더 추가됐다.

이를 빠직 갈며 문제를 풀다가 참을 수 없어 자고 있는 이선을 깨웠다.

"영조도 자습실 오지 않았어?"

"왔었는데 전화 받고 나갔어."

누구 전화일까? 설마 이채림? 입가에 묻은 침을 닦으면서 이선은 영조가 전화 받는 소리, 그 직후 나가는 소리를 잠결에 들었다고 말했다. 그때도 자고 있었구나. 결국 아는 것이 하나도 없다는 말에 이선의 엄마가 왜 속이 터진다고 하는지 이해가 확 됐다.

"잘 거면 집에서 자. 뭐 하러 학원을 오니?"

"네가 뭔데 잔소리야?"

이선이 어이없어하며 내게 대들었다. 이선의 말이 맞았다. 나는 왜 이선에게 화를 내는 걸까. 요즘 내 마음은 마구 흔들어 놓은 스노볼처럼 어지러웠다. 가방을 뒤져 간식으로 가져온 초콜릿을 하나 줬더니 이선은 금방 화를 풀었다.

초콜릿을 먹고 정신이 번쩍 든 이선은 문제를 몇 개 풀기 시작했지만 최장 15분인 집중력이 바닥나자 꾸벅꾸벅 졸기 시작했다. 이선을 비난하기엔 나의 집중력도 그리 길지 않았다. 숫자 몇 개가 적힌 연습장에는 어느새 영조와 채림 이름이 가득했고 이선이 볼까 싶어 볼펜으로 죽죽 지워 버렸다. 이럴 바에는 수학 문제보다 어지러운 내 마음을 먼저 푸는 편이 나을 것 같았다.

요즘처럼 영조가 신경 쓰인 적이 없었다. 말 한마디 안 나누고 앙숙처럼 지냈던 시절에도, 은솔이 다시 온 뒤 데면데면하게 지내는 동안에도 영조는 철저히 나의 관심 밖이었다. 영조가 아무리 나를 긁고 놀려도 약은 올랐지만 어차피 미취학 아동 수준의 아이와 어울릴 마음이 없었으므로 무시해 버렸다. 그런데 지금은 영조가 무슨 짓을 해도 신경이 쓰였다. 머리 한가운데 눌러앉아 신경 줄을 당겼다 늘였다 하는 것처럼 나를 괴롭혔다. 그럴 때면 내가 영조 손아귀에서 놀아나는 마리오네트 인형 같았다. 내 의지로는 아무것도 못 하는.

수학 정답처럼 딱 떨어지게 정리하자면, 나는 영조가 밉다. 내 첫사랑을 고의적으로 훼방 놓은 영조가 아주 많이 원망스러웠다. 그래서 이렇게 당하고만 있을 수는 없었다. 혹시 사포자라면서 그런 말도 안 되는 원망을 하냐고 따지는 사람이 있다면 나도 묻고 싶다. 아무리 다이어트 중이라 해도 눈앞에 있는 햄버거를 빼앗아 가는 걸 가만히 봐야 한단 말인가? 정당한 내 몫을 고스란히 뺏겨야 하냐는 말이다. 그러니까 나는 오래전에 못 썼던 방어권을 이제 사용하고 있는 것뿐이다. 늦었지만 아주 정당하게.

졸고 있는 이선 옆에서 나는 티 나지 않게 영조의 행방을 알 수 있는 방법을 찾느라 머리를 굴렸다. 일단 현조에게 전화를 걸었다. 청설모 모임에서 가족여행을 같이 간 적도 있어 어색한 사이는 아니라 생각했는데 전화를 받은 현조가 웬일이냐며 깜짝 놀랐다. 뭔가 의심할 틈을 주지 않기 위해 다급한 목소리로 물었다.

"현조야, 너 지금 어디니? 조금 전에 편의점 골목으로 어떤 형들이 초등학생 하나를 데리고 갔는데 너 아니지?"

일요일 오후, 별일이 없다면 현조가 게임을 하는 시간이라고 영조에게 들었기에 질러 본 말이었다. 예상대로 현조는 집에 있었다.

"다행이다. 혹시나 무슨 위험한 일 있으면 누나한테 전화해. 아니다, 누나한테 전화할 필요도 없겠다. 영조 형이 항상 옆에 있을 테니까. 지금도 옆에 있지?"

영조는 동생이 아주 영악하다고 말했지만 현조보다 4년을 더 험난한 세상 속에서 살아온 중3의 잔머리를 따라올 수는 없었다. 현조는 영조 형이 자기를 도와주기는커녕 항상 시비를 걸고 괴롭히고 구박한다고 말했다. 나도 영조가 속이 좁고 생각이 짧고 말투도 기분 나쁘다며 현조 편을 들어 주었다.

"누나가 진짜 우리 형을 잘 아네. 그런데도 할머니는 형만 예뻐한다니까. 오늘도 형만 찾아서 아빠랑 둘이서 요양 병원 갔어."

결국 원하는 정보를 이끌어 냈다. 형이랑 얽혀 봤자 좋을 게 없으니 되도록 피하라는 내 말에 현조는 자기 마음을 아는 건 누나밖에 없다며 고맙다는 말을 몇 번이나 했다. 이렇게까지 고마워할 일은 아니었는데.

"영조 동생이랑도 통화를 해?"

어머나, 애가 왜? 성적 좋고 잘생기고 인기도 많은, 우리 학교의 아이돌 양준모였다. 학원 복도에서 현조와 통화하는 모습을 본 모양이었다.

"할 얘기가 있어서."

좀 전의 얄팍한 속임수를 들킨 것 같아 얼굴이 화끈했다. 이 세상의 남자는 박호진과 짐승들로 구분된다고 말해 동환, 이선, 영조의 공분을 샀던 주혜조차 양준모의 이름 앞에서는 미간에 주름이 잡히도록 고민을 했다. 그러면서 양준모를 짐승에 넣을 수는 없다며 박호진, 양준모와 짐승들로 다시 분류했다. 이런 양준모 앞에서 어설픈 연기를 했으니…….

"너 되게 착하다. 아까 들어 보니까 영조 동생 구해 주려고 전화한 거던데."

다행히 안 들켰다. 양준모랑은 1학년 때 같은 반이었지만 따로 얘기를 나눠 본 적도 없었다. 거기다 다분히 속셈이 있던 통화를 선행으로 미화하기까지 하니 몸 둘 바를 몰랐다.

"미래야, 안 그래도 너랑 의논할 일이 있었는데 다음에 시간 좀 내 주라."

양준모가 나한테 시간을 내 달라고 부탁을 하다니. 양준모에게 고백했다 차였던 반효정과 2주 사귀다 헤어진 전수민에게도 이긴 기분이 들었다. 반효정과 전수민은 전혀 모르겠지만.

오래된 인연

예상했지만 역시나 유주는 아빠의 사건을 알고 있었다.

"구경하러 간 거 아니었어. 집에 간다는 고모 배웅하러 갔다 돌아오면서 살짝 엿봤는데 네 얼굴이 폭발 직전이더라고. 슬픔이건 욕이건 뭐든 뱉어 내지 않으면 안 될 것 같아서 불러냈던 거야. 뭐, 워낙 내가 잘 나서는 성격이기도 하고."

정말 그랬다. 유주 품에서 엉엉 울고 난 후 가슴을 꽉 막히게 했던 뭔가가 사라져 버린 것 같았다. 상주 노릇을 하느라 자리를 못비우다가 잠깐 짬이 났을 때 유주를 찾아 나섰는데 그사이 장례 일정이 끝난 건지 어디서도 보이지 않았다. 이름도 전화번호도 몰라서 찾을 수 없었다. 다시 못 만날 줄 알았는데 그때 그 아이가 기막힌 우연으로 이렇게 내 앞에 앉아 있다.

"너도 상복 입고 있었잖아. 누가 돌아가셨던 거야?"

"할머니. 나한테는 엄마나 다름없는 분이야. 부모님이 일찍 이혼하셔서 할머니가 키워 주셨거든."

유주도 힘든 상황이었는데 내 슬픔에만 빠져서 미처 주위를 둘러보지 못했다. 미안함이 밀려왔다.

"나한테 미안하지? 오늘 밥은 네가 사. 그럼 용서해 줄게."

밥뿐일까, 그때의 고마움과 미안함을 용서받을 수 있다면 뭔들 못 할까.

"대문자 E라도 아무나 덥석 찾아가겠니? 아니까 만나러 갔던 거지."

"장례식장에서 처음 본 게 아니었다고?"

망고주스를 마시면서 유주는 또 퀴즈를 냈다. 장례식장 전에 나를 만났다고 하는데 나와 유주는 초등학교도 다르고, 수영장이나 교회가 겹치지도 않았다. 아무리 생각해도 수학 학원 이전에 접점이 없었다.

"내가 그렇게 임팩트 없는 얼굴인가? 기억을 통 못 하네. 말을 나눈 적은 없지만 분명 한 공간에 있었는데."

버스나 지하철 같은 교통편도 아니라면 학원밖에 없었다. 혹시…….

"아파트 공부방?"

"그래, 거기. 선생님이 잔소리 엄청 많고 숙제도 어마어마하게 내 줬잖아. 도저히 못 견디겠어서 나왔어. 내가 그만둘 때쯤 네가 왔으니까 한 삼 일 정도 같이 수업 들었을 거야."

중학교 1학년 때 아파트 1층 공부방에 다녔는데 거기에 유주가 있었구나. 성적을 잘 올려 주는 곳으로 유명하긴 했지만 나 역시 유주처럼 얼마 못 버티고 그만뒀다.

"그럴 것 같더라. 잠깐 봤지만 수업 시간에 볼펜 돌리고 낙서하고 좀 산만하더라고. 딱 나랑 같은 과구나 느꼈지. 결국 C반에서 만났네."

유주의 팩트 폭행에 웃고 말았지만 공부방 이후 장례식장에서 또 만났으니 인연처럼 느껴졌다. 소중한 사람을 잃었다는 공통점 때문인지 유주는 그 후 종종 내 생각을 했다고 한다.

"할머니의 빈자리를 느낄 때마다 자연스럽게 너도 생각났어. 이제는 슬픔이 덜해졌을까, 상처는 희미해졌을까 궁금했어. 지난 방학에 삼촌 만나러 유럽에 갔는데 기념품 샵에서 두더지 인형을 보고 네 얼굴이 떠올랐다니까. 가방에 인형 달고 다녔잖아. 맞지?"

장례식장 화장실에 두고 왔던 가방에도 그로밋 키링이 달려 있었다. 유주는 유럽 여행 중 사 온 키링이 몇 개 남았다며 다음에 주겠다고 했다.

최근에 봤던 영화나 드라마 이야기와 인디 밴드 음악을 추천하면서도 유주는 마치 금기어처럼 한 단어는 말하지 않았다. 매일 부를 텐데도 끝내 입 밖으로 내뱉지 않는 단어, '아빠'.

유주의 배려가 고마웠다. 그때도 지금도 구질구질하게 느껴지는 사연을 묻지 않아서.

"그래도 너는 유럽 여행도 다니고 럭셔리하게 사네."

"럭셔리? 와, 진짜 억울하네. 그 여행은 열다섯에 주부 습진 걸린 소녀 가장 조카를 위로하려고 삼촌이 초대한 거였어."

할머니가 돌아가신 후 유주는 힘들지만 아빠와 둘이 집안일을 나눠 하고 있다고 했다. 반찬 가게와 밀 키트를 많이 이용하지만 어쨌든 남의 도움 없이 꾸려 가고 있다면서. 대화 중 시간을 확인한 유주는 자신이 오늘 저녁 당번이라며 일어섰다. 상실을 경험한 아이들은 빨리 어른이 된다던데. 유주는 주부 생활까지 겸하느라 고속으로 어른이 된 것 같았다.

좋아하는 치킨샐러드를 먹는 둥 마는 둥 하던 주혜가 먼저 숟가락을 내려놓자 호진도 피곤하다며 같이 교실로 올라갔다.

"쟤네들 뭔 일 있냐? 아까 보니까 호진이 엄청 졸더라."

동환이 호진의 뒷모습을 걱정스러운 눈빛으로 바라봤다.

"아무 일 없어. 뜨겁게 타올라서 저러는 거니까."

은솔의 말에 이선이 눈을 반짝였다. 여드름 하나 없이 밤톨처럼 매끈한 얼굴의, 또래보다 훨씬 어려 보이는 이선은 생긴 것과 다르게 마음에 음흉한 중년의 아저씨가 살고 있었다. 뜨겁다고? 혼잣말을 내뱉더니 무슨 상상을 하는 건지 두 사람을 보면서 키득거렸다.

"얘 또 망상 시작됐다. 귀가 뜨겁다고요. 쟤네 어제 새벽에 3시간 20분 통화했단다."

이선의 예상과 달리 주혜와 호진은 귀가 뜨거운 사이였다. 이선은 겨우 그거냐며 실망했고 동환은 매일 보면서 무슨 할 얘기가 그렇게 많은지 이해할 수 없다고 했다.

"주혜 생일이 토요일인데 그날 호진이가 과외하는 날이라서 만날 수 없대. 그거 때문에 삐진 주혜 기분 풀어 주느라고 그랬단다."

이선은 여자애들이 왜 그렇게 기념일에 집착하는지 모르겠다며 고개를 저었다. 자기는 그런 것 때문에 연애를 안 하고 싶다고.

"말은 똑바로 해야지. 안 하는 게 아니라 못 하는 거잖아."

영조의 대답에 이선은 모태 솔로가 할 말은 아니라며 펄쩍 뛰었고, 이선 지적에 영조가 이미 고백을 받은 적이 있는데 무슨 모태 솔로냐며 너야말로 상상 연애 말고는 없지 않느냐고 따졌다. 상상 연애는 이선의 분노 버튼이었다.

이선이 '사귀었다'고 주장하는 몇 건의 연애는 내가 알기로 짝사랑에 가까웠다. 착각과 상상의 과정을 거친 고백이 차이면서 완성되는 은솔의 연애와 몹시 비슷한 양상이었다. 사실 둘은 연애관도 흡사했다. 베팅이 없으면 결과도 없다는.

이선이 같이 영화도 보고 선물도 주고받았는데 그게 왜 상상 연애냐며 영조에게 따졌고, 영조는 그런 건 남사친 여사친이라도 얼마든지 하는 일이라고, 진짜 좋아한다는 말을 들은 적이 있냐고 이선에게 따졌다. 그러자 이선은 그런 비밀스러운 일을 묻는 거냐며 영조의 비매너를 지적했다. 음흉한 중년 아저씨는 온데간데없고 딱 초등 3학년들끼리의 유치한 싸움이었다.

"너희 둘은 또 무슨 일로 싸우는 거야?"

그때 김칫국에 코를 박고 먹는 동환 옆으로 채림이 다가왔다. 원래 같이 먹던 급식 메이트들이 오해하지 않도록 급식실에 늦게 나타난 것이다. 채림을 보던 은솔이 나에게 눈을 찡긋했다. 오늘은 무슨 말을 하는지 지켜보자는 듯이. 3학년 각 반 반장들 모임, 담임 심부름, 사물함 정리, 아픈 친구 보건실 데려가기, 과제물 제출 등 이미 써먹은 핑계는 수없이 많았고 더 이상의 핑계는 없어 보였다. 은유법 플러팅은 고도의 창의력을 요하는, 정말 어려운 미션이었다.

그런데 오늘의 이유는 예상 밖이었다. 채림이 주머니에서 꺼낸 건 키링이었다. 며칠 전에 유주에게 받았는데 전해 주는 걸 깜빡 잊었다면서.

"앗, 크르텍이다."

동환이 키링을 가리킬 때 나는 채림의 손이 아니라 얼굴을 보고 있었다. 영조를 보면서 환히 웃고 있는. 이제 채림의 플러팅은 은유법이 아니라 직유법으로 바뀌었구나 느끼면서.

운명의 장난

내가 불륜과 도청, 미행 같은 흉흉한 내용의 드라마를 보는 동안 은솔은 첫 만남과 고백, 데이트 같은 달달함 과다치의 드라마를 보면서 성장했다. 그래서 우리는 같은 주제를 놓고도 양방향 노선의 마지막 역처럼 다른 생각을 할 수밖에 없었고 주혜의 생일 이벤트에서도 그랬다.

"그러니까 왜 두 사람을 체육실에 감금하냐고?"

주혜와 호진을 어두컴컴한 체육실에 가둬 버리자는 계획에 누가 찬성할 수 있을까?

"감금이라니 무슨 그런 험한 말을! 그날의 장르는 범죄물이 아니라 로맨스라니까."

은솔은 오히려 이해 못 하는 나를 답답해했다. 그러더니 느닷없이 문제를 냈다.

"얼마 전에 끝난 드라마에서 주인공 차가 고장 났거든. 핸드폰도 안 터지는 외딴 시골길에서, 거기다 폭우까지 쏟아지는데, 더 최악인 건 만날 때마다 으르렁대며 싸웠던 남자 후배가 옆자리에 앉아 있는 거야. 지나가던 차가 도움을 주기 전까지 어떤 일이 벌어졌을까?"

인터넷 강국 대한민국에서 핸드폰이 안 터지는 곳을 찾기가 더 힘들다는 생각에 몰입이 잘 안됐지만, 장르가 로맨스라면 주인공은 말도 안 되는 상황 속에서 필연적으로 사랑에 빠질 거다. 사실 은솔이 말한 상황이 현실이라면 스릴러 장르가 훨씬 더 잘 어울릴 텐데도.

"사실 여주인공은 점심도 못 먹어서 배가 몹시 고팠어. 거기다 안전하게 큰길로 가자는 후배 말을 무시하고 고집을 피운 터라 무안하고 겸연쩍어서 아무 말도 할 수 없었어. 그런데 주인공 배에서 꼬르륵 소리가 날 때 남자 후배가 프로틴바를 척 내미는 거야. 오다 주웠다는 듯이. 그러면서 비 오는 날 이렇게 길을 헤매는 게 너무 낭만적인 것 같다고 말하지 뭐야. 원망의 말 한마디 없이. 꼴 보기 싫어 죽을 것 같던 남자가 완전 다시 보이는 거지. 그리고 사랑에 빠지고. 이게 사랑의 공식이란다, 이 사포자야!"

예상대로 은솔의 드라마 목록에 스릴러 장르는 없었다. 요즘 여러 드라마에 뜬금없이 등장하는 프로틴바는 광고가 분명했고, 그 때문에 스토리에 집중하기 힘들다 얘기했지만 역시나 못 들은 척하는 은솔의 표정을 보고 입을 다물었다. 내 말을 무시한 은솔은 폭풍우 치는 밤 뱃길이 끊긴 외딴섬에서, 갑자기 고장 난 엘리베이터에서, 느닷없이 멈춰 버린 대관람차에서 왜 사랑이 생기는지 생각해 보라며 내 머리를 통통 쳤다.

"수업 시간에 무슨 이벤트를 한다는 거야?"

"다른 과목이 아니라 체육이잖아."

체육 수업이 자유롭기는 하지만 그래도 뭘 한다는 건지.

"체육이면 왜? 체육복 위에 왕관이라도 씌워 주게?"

은솔은 지진 대피 훈련을 잊었냐며 되물었다. 우리 학교는 안전에 특별히 관심이 많은 교장 선생님 때문에 일 년에 한 번 전교생 참여 지진 대피 훈련이 있었다.

은솔은 체육 선생님의 자유분방한 교육관을 이용하면 충분히 이벤트가 가능하다고 말했다. 운동장에 아이들이 모여 있어도 선생님이 숫자를 세거나 하지는 않을 테고 서른 명에서 고작 두 명 빠지는 건 모를 테니 주혜와 호진만 따로 있게 해 주자고.

"걔네들한테 부상자가 누울 매트를 가져오라고 하면서 체육실로 보내는 거야. 그리고 둘이 들어간 틈을 이용해 자물쇠를 잠그는 거지."

도대체 어떤 상상을 하는 거람. 은솔이 음흉한 미소를 짓는 것에 비해 나는 체육실의 퀴퀴한 냄새와 뜀틀 같은 운동 기구들이

널브러져 있는 살풍경한 모습이 떠올라 절로 얼굴이 찌푸려졌다.

"너 체육실 안 가 봤어? 거기 있으면 참 로맨틱하겠다."

비아냥거리는 내 말에 은솔이 고개를 절레절레 흔들었다.

"내가 볼 때 넌 사포자가 아니라 사알못이야. 엘리베이터와 관람차가 청결해서 사랑이 꽃피냐? 그냥 둘이 있기 때문에 불꽃이 일어나는 거야. 운명처럼!"

그러니까 은솔은 우리가 두 사람의 운명을 만들어 주는 대단한 일을 하는 거라고 했다. 고작 20분의 지진 대피 훈련으로 무슨 운명씩이나. 삐딱한 내 표정을 본 은솔이 또 장황하게 연설을 늘어놓았다.

"너, 담배 두 개비로 산불 났다는 뉴스 본 적 있어? 미꾸라지 두 마리가 물을 흐린다는 말 들은 적 있냐고? 뭐든 1부터 시작하는 거야. 거기 비하면 20분은 역사를 바꿀 긴 시간이지."

그런데 운명이 그렇게 쉽게 바뀔 수 있는 건가? 의아했지만 은솔이 주혜의 생일 선물을 뭘로 할지 고민하라며 보내 준 선물 리스트 때문에 가장 중요한 질문을 놓치고 말았다.

목요일 3교시 시작 전 은솔이 눈을 찡긋했다. 둘만 아는 작전의 시작이었다. 눈치 없는 이선은 빼더라도 영조나 동환의 도움을 받으면 어떨까 했지만 은솔은 고민 없이 거절했다. 이런 작전일수록 아는 사람이 적어야 성공 확률이 높다고 하면서. 체육실로 가라는 말을 전하는 것과 자물쇠를 잠그는 일에 여럿이 필요하지도 않았고 결국 둘이서만 하기로 정했다.

체육복으로 갈아입은 아이들이 하나둘 운동장으로 모이자 호루라기를 목에 건 체육 선생님이 설렁설렁 걸어왔다. 날이 맑을 거라는 일기 예보처럼 오전부터 햇살이 강했고 뒷목에 선크림을 바르던 수민이 체육 선생님에게 물었다.

"쌤, 저희 이따가 등나무 밑으로 대피하면 안 돼용?"

"맞아요, 다른 반은 교실에서 편하게 훈련 받잖아요."

강한 햇빛에 눈을 찡그린 다른 아이들까지 수민의 말에 힘을 보탰다.

"원래 지진은 낙하 위험을 피하는 것부터 시작이야. 당연히 등나무 밑은 안 되지. 알다시피 교장 선생님이 얼마나 이 훈련에 진심이니. 힘들어도 우리가 조금만 더 협조하면 좋지 않을까?"

햇볕을 피하느라 손 그늘을 만든 선생님이 대답했고 아이들이 에이, 하고 실망스런 리액션을 했다. 나는 눈을 찌르는 햇빛도 의식하지 못한 채 주변을 살펴 주혜와 호진의 위치를 확인했다.

분명 둘이서만 따로 떨어져 있을 거라는 은솔의 예상처럼 둘은 체육 선생님을 둘러싼 아이들과는 조금 거리가 있었다. 두 아이의 얼굴을 보자 괜한 긴장감에 목이 탔다.

즉흥적인 아이디어로 시작했지만 계획까지 허술할 수는 없었다. 혹시 매트를 둘이서 못 든다고 다른 애까지 데리고 갈까 걱정

돼 직접 체육실에 가서 매트의 무게도 확인했다.

"체육실에서 매트 가져오래. 14킬로그램이니까 둘이 충분히 들 수 있을 거래."

내가 주혜에게 가짜 심부름을 전하면 교실에서 미적대다 늦게 나타난 은솔이 두 아이가 들어간 체육실 문에 자물쇠를 걸기로 했다. 체육실 미닫이문을 잠그는 자물쇠가 문고리에 걸려 있는 것도 미리 확인했다.

"선생님한테 걸리진 않겠지?"

"지진 훈련 끝나면 수업 시간 얼마 안 남잖아. 분명 철봉 매달리기 시킬 거라고. 그때 살짝 가서 열어 주면 돼."

준비는 완벽했다. 말대로만 된다면 참 간단한 일이었겠지만, 운명을 만드는 작전이 그럴 리가 있을까. 역시나 우리가 간과한 것이 있었다. 짜장면에 단무지, 피자에 콜라, 나초에 치즈가 따라오는 것처럼 운명에도 단짝이 있었다. 여러 인생을 얄궂게 바꿔 놓는 그것, 변수를!

하나의 폭죽이 밤하늘로 올라가 여러 갈래의 불꽃을 만드는 것처럼 그날은 여러 개의 변수가 동시에 발생했다. 첫 번째 변수는 강한 햇빛이었다. 등나무 그늘 대피가 무산되고 아이들이 체육 선생님 옆을 떠난 뒤에도 나는 계속 그 주변에서 얼쩡거렸다. 선생님에게 심부름을 받은 것처럼 보이기 위해서였는데 그러다 선생님과 눈이 마주쳤다.

"미래야, 미안하지만 선생님 선글라스 좀 가져다줄래? 체육실 들어가면 왼쪽에 책상 있잖아, 그 위에 있을 거야."

체육실엔 내가 아니라 저 애들이 가야 하는데. 노닥거리고 있는 주혜와 호진에게 심부름을 시킬까 생각했지만 선글라스 하나 가지러 두 사람이 같이 가지는 않을 터였다. 플랜B는 생각해 본 적이 없는데…… 일단 본관 건물 위에 달린 시계를 봤을 때 쉬는 시간은 아직 7분이나 남아 있었다. 체감상 운동장에 나온 지 5분은 지난 것 같았지만 아침 조회 시간에 핸드폰을 제출했기 때문에 정확한 시간을 알 수 없었다. 체육실까지는 고작 80미터도 안 됐고 빠르게 달려갔다 온다면 못해도 4분여의 시간이 있을 거라고 생각했다. 망설일 틈이 없어서 그 즉시 달렸다. 하지만 본관 시계가 6분이 늦는다는 두 번째 변수는 알지 못했다.

세 번째 변수는 하필 하루 전에 수명이 다한 체육실의 전등이었다. 부피 큰 뜀틀과 매트가 창문 대부분을 가린 탓에 체육실 안은 전등을 켜지 않으면 무척 어두웠다. 문 옆 스위치를 몇 번이나 누르다 포기하고 책상 위를 더듬거리고 있을 때 누군가 들어오는 소리가 들렸다.

"선생님이 선 캡도 같이 가져오래."

재가 왜? 영조의 등장은 또 다른 변수였다. 선글라스만으로 부족하다 느낀 선생님은 내 뒤에서 선 캡도 가져오라고 소리쳤지만 직진 본능으로 달려가는 제자가 들은 척도 안 하자 영조에게 다시 심부름을 시킨 거였다.

영조의 존재만으로 싸한 느낌을 받았을 때 철커덕, 체육실 문이 닫히는 소리가 들렸다. 은솔아, 아니야, 문 열어, 외쳤지만 문을 잠근 뒤 발이 안 보일 정도로 뛰어가 아이들 속에 은폐할 거라던 은솔은 내 절규를 듣지 못했고 잠시 후 재난 상황임을 알리는 사이렌이 울렸다. 그제야 생각이 났다. 운명 뒤에 가장 많이 붙는 말은 '장난'이었음이.

편견은 금물

나는 얼마나 편견이 없는 사람일까? 학원 강의실 앞에 앉은 유주를 보며 고민에 빠졌다. 앞으로도 전과 다름없이 유주를 대할 수 있을까 생각하면 자신이 없었다. 등으로도 따가운 시선을 느낀 걸까, 유주가 뒤로 돌더니 나를 보며 싱긋 웃었다. 사람을 무장 해제 시키는 저 무해한 웃음을 어쩌면 좋지…….

그날 채림이 나에게 준 키링은 두더지 인형이었다.

"체코의 국민 캐릭터야. 이름은 크르텍. 그런데 크르텍 뜻이 뭔 줄 알아? 두더지래, 두더지. 국민 캐릭터라면서 이름도 없는 게 불쌍하지 않니?"

동환의 설명을 들었을 때도 별 생각이 없었다. 얼핏 보면 펭귄처럼 보이는 키링을 가방에 걸 때에야 뭔가 이상한 느낌이 들었고 갑자기 유주가 했던 말들이 머릿속을 휘감았다. 나의 산만한 모습과 사소한 특징에 대해 했던 말들이.

"이게 크르텍이라며? 체코 갔었구나."

가방에 매달린 키링을 보여 주면서 유주에게 감사의 말을 전했다.

"어, 어떻게 알았어? 겨울 방학 때 삼촌 만나러 갔다 왔잖아."

편지 속에서 라스카는 펜을 돌리는 습관과 가방에 달린 키링에 대해 썼는데 지난번 얘기를 나눌 때 유주 역시 알고 있었다. 거기다 라스카가 편지를 썼던 것으로 추정되는 시기까지 딱 맞았다. 같은 공부방 출신이라 수소문하면 우리 집 주소를 아는 것도 어렵지 않을 터였다.

그때부터 유주의 행동 하나하나가 의미심장하게 보였다. 화장실에 같이 가자며 손을 잡을 때도, 엘리베이터를 타라며 등을 밀 때도, 과자를 먹다 한 입 맛보라며 건넬 때도, 테스트 문제를 다 맞았다고 하이파이브를 할 때조차. 가벼운 스킨십에도 경직되게 반응하는 내 모습을 먼저 눈치챈 유주가 어디 아프냐고 묻기도 했다. 나는 어디가 아픈 걸까? 몸이, 아니면 마음이?

결국은 내 모든 고민을 털어놓는 비밀 일기장 같은 친구 은솔에게 도움을 청했다.

"혹시 라스카가 여자일 가능성도 있을까?"

이혼 여행을 준비하는 부모에게 반항한다는 핑계로 밤마다 우리 집에 오는 은솔은 내 말에 눈을 동그랗게 떴다.

"여자 용의자 출현? 누군데?"

내 가까이 있는 여자라고는 은솔과 주혜뿐이었기에 은솔의 정보망에 들어올 용의자는 아예 없다시피 했다.

"혹시 사진 보냈던 걔?"

눈치 빠른 은솔이 먼저 유주 이름을 꺼내자 자연스럽게 라스카로 의심되는 정황을 얘기할 수 있었다. 은솔은 유주가 사진까지 보내면서 자신의 존재를 어필했던 것부터 수상했다고 말했다.

"라스카가 가까이 있는 친구라서 고백을 망설였다고 생각했는데, 어쩌면 동성이라서 그랬을 수도 있겠구나 싶어."

당황스러운 표정의 은솔을 보면서 아마 내 얼굴도 저렇겠구나 싶었다. 동성에게 고백을 받으면 어떻게 해야 할까?

추진력이 빠른 은솔은 고민도 빨리 끝냈다. 판사봉을 두드리듯이 짝짝 박수를 치더니 결론을 냈다.

"우리가 처음 라스카를 찾기로 했을 때 누군지 알게 되더라도 놀라지 않기로 했잖아. 물론 그때는 라스카가 남자일 거라 생각했지만. 여자라고 해도 바뀌는 건 없어. 그냥 네 마음을 인정해야지. 좋으면 좋다고, 싫으면 싫다고."

동환을 라스카로 의심하면서 시작된 일이었다. 동환이 라스카라면 끔찍했지만 한편으로는 마음이 놓였다. 그냥 모른 척 넘어가도 될 것 같아서. 하지만 유주라면 그럴 수 없었다. 아빠의 배신으로 산산조각난 내 마음을 따뜻하게 위로해 줬던 친구를, 그 마음을 김 빠진 탄산음료처럼 외면할 수는 없었다.

"미리 고민하지 마. 아직 확인 과정이 남았잖아. 당근!"

유주와는 같은 학교가 아니었고 급식을 같이 먹은 적도 없었기에 내 식습관을 알기가 쉽지 않았다. 하나의 가능성이 남았다고 생각하자 한결 마음이 가벼워졌다. 그 가벼운 마음에 은솔이 큰 돌덩이를 던졌다.

"아참, 그날 체육실에서 영조랑 둘이 뭐 했냐?

운동장에서 주혜와 호진을 봤을 때 은솔은 작전이 실패했다는 걸 바로 깨달았다. 체육복을 입은 두 뒷모습이 누구였을까 찾다가 나랑 영조가 안 보인다는 사실도 알아차렸다. 하지만 아뿔싸 놀란 은솔이 체육실로 뛰어가려고 할 때 얄미울 정도로 정확하게 훈련 시작을 알리는 사이렌이 울렸다.

"지금 서울 전역에 진도 4의 지진이 발생했습니다. 이것은 실제 상황입니다."

그 시간 나랑 영조는 어두컴컴한 체육실 안에 있었다. 진짜 실제 상황 속에서.

출입문이 닫히자 체육실은 한순간 어둠에 휩싸였다. 유일한 창문의 절반은 수납장으로 막힌 채였고 나머지 절반도 얼기설기 세워 둔 매트 때문에 거의 가려진 상태였다. 혹여라도 벌어질 작전 실패의 경우들을 상상했었지만 이건 한 번도 생각해 보지 못한 상황이었다.

어둠 속에서 더듬거리고 있을 때 누군가, 아니 영조가 내 손을 덥석 잡았다. 이 녀석 지금 이게 무슨 짓이람? 어두컴컴한 곳에서, 하필 단둘이 있을 때? 추행이나 구타 같은 온갖 안 좋은 상황이 떠올라 손을 뿌리치려 했다.

"조심해. 거기 계단이야."

넘어질까 봐 그랬구나. 영조 손을 잡고 천천히 계단을 내려왔다.

"선생님 책상 옆에 보조 의자가 있을 거야. 내 손 놓지 말고 따라와."

온갖 범죄 스릴러 영화를 섭렵한 덕분에 나는 으슥한 공간이나 밤길에 대한 공포가 있었다. 네가 더 무섭게 생겼다며 누구를 무서워하냐고 밉살맞게 놀리던 영조도 그 사실을 알고 있었다. 마지못해 하는 배려라는 걸 알면서도 영조 목소리가 든든했다.

거기서 끝나야 하는데 이상하게 가슴이 두근거렸다. 이건 정상적이지 않아, 혹시 폐소 공포증에 따른 현상일까 생각했지만 나는 하나도 답답하지 않았다. 외할머니가 부정맥으로 치료받고 있다 들었는데 혹시 유전병일까? 하지만 엄마는 아무런 지병이 없는데. 그러면 설마 스킨십? 겨우 이깟 녀석이 손을 잡아 줬다고?

말도 안 돼. 도미래, 정신 좀 차려라. 지금 옆에 있는 건 백마 탄 왕
자가 아니라 너의 원수라고.

보기만 하면 못 잡아먹어 안달했던 남녀가 고장 난 차에서 프
로틴바 하나 받았다고 사랑이 시작되는 게 말이 되냐고, 현실성
이 너무 떨어지는 거 아니냐고 은솔에게 따졌는데, 그때 은솔이
뭐라고 했더라. 말이 되는 걸 따지려면 학습지를 보라고, 말 같지
않은 일이 바로 사랑이라고 했다. 은솔의 대답처럼 지금 내 마음
은 말이 안 됐다.

덥석 손을 잡을 때는 언제고 영조는 3인용 벤치 끝 쪽에 뚝 떨
어져 앉았다. 짧은 사이에 어둠에 눈이 익었고 한 사람의 공간만
큼 떨어진 영조의 얼굴도 어슴푸레 보였다. 거의 매일 보는 사이
였지만 이렇게 둘이서만 있으려니 어색했다. 아니, 둘이서만 있기
때문에 어색한 거였다.

영조가 고개를 돌려 나를 뚫어지게 쳐다봤다. 저 눈빛은 뭐야?
설마 멜로 눈깔?

"홍은솔이 왜 문을 잠갔는지 설명 좀 해 봐."

설마가 사람을 잡는다더니 그럼 그렇지. 한순간이지만 가슴이
뛰었던 사실이 수치스러울 만큼 영조의 말투는 차가웠다. 영조
는 철컥, 자물쇠 잠그는 소리와 은솔의 이름을 외치며 문 열어 달
라는 나의 애절한 절규에서 체육실 감금 사건의 범인을 알아차렸

다. 물론 공범이 나라는 것까지. 범인의 이름을 발설한 마당에 뭘 더 감출 게 있을까. 나는 주혜의 생일 선물로 이벤트를 준비했다가 실패했음을 고백할 수밖에 없었다.

"어이가 없어 말이 안 나온다. 그게 가능하다고 생각했냐?"

영조가 힐난조로 말했다.

"주혜가 생일날 호진이 못 만난다고 실망해서 좀 특별한 기억을 만들어 주려고 그랬지."

"그랬으면 더 신중하게 계획을 세웠어야지. 하여튼 너는!"

하여튼 너는? 아무 이유도 없이 갇혀서 억울한 것까지는 충분히 이해됐지만 친절한 설명에도 일방적으로 비난하는 영조의 말투는 몹시 거슬렸다. 이렇게 비난받을 행동인가 싶어 화가 치밀었고 이대로 당할 수만은 없다는 생각에 반격을 시작했다.

"내가 뭐? 네 눈에 나는 완전 불량에, 하자에, 결점 투성이지?"

그동안 당해 왔던 분노가 일시에 몰려왔는지 영조에게 소리를 질렀다.

"뭐라는 거야? 너야말로 나를 어떻게 보는 거야?"

어라, 내 질문에 답은 안 하고 영조는 더 큰 소리로 화를 냈다.

"불량에 하자에 결점 투성이를 내가 상대하겠냐? 잘난 건 없지만 이 정도면 충분해."

이건 또 무슨 뜻이야? 자기 자신에 대한 셀프 칭찬? 아니면 나에 대한 고도의 조롱? 의미를 생각하느라 입을 닫았더니 안 그래도 어색한 공기가 더 무겁게 가라앉았다.

남들은 남사친과, 아니 원수와 단둘이 있을 때 무슨 말을 할까? 더구나 높게 쌓인 뜀틀과 먼지 풀풀 날리는 매트, 체육 대회 때 쓰고 남은 각종 탈바가지들로 어수선한 체육실 안에 갇혀 있을 때는. 어색한 침묵을 먼저 깬 건 영조였다.

"너 요즘 준모랑 친한 것 같더라."

준모가 학원에서 몇 번 말을 걸긴 했다. 그건 또 언제 봤지?

"너야말로 채림이랑 친하던데. 잘해 보지 그래?"

진심도 아니면서 이런 말은 왜 하는 걸까? 내 말에 영조가 피식 웃었다.

"나도 눈치는 있어. 채림이는 준모 좋아해."

영조는 요즘 채림의 행동이 이상하다고, 툭하면 준모를 칭찬하고 또 별일 아닌 일로 반장 모임을 소집한다며, 그게 다 준모를 좋아하는 마음이 아니면 뭐겠냐고 내게 되물었다. 이 눈치 없는 녀석을 어쩌면 좋지. 채림이 영조 앞에서 준모 이야기를 하는 건 마음을 떠보기 위해서일 테고, 반장 모임을 자주 소집하는 건 친구들에게 들키지 않고 영조와 급식을 먹기 위해서였다. 이 멍청아, 채림은 너를 좋아한다고! 영조에게 이 말을 해 줘야 하나 망설여졌다. 손톱만큼이라도 영조에게 우정이 남아 있다면 말을 해 줘야 맞을 텐데 그러기 싫었다. 내가 왜 이깟 녀석의 사랑을 도와줘야 한단 말인가.

"그래서 서운해?"

다 떠나서 영조 마음을 아는 게 우선일 것 같았다.

"아니! 여자 친구도 아닌데 서운할 게 뭐 있겠냐?"

단호한 대답이었다. 일단 여자 친구는 아니란 말이지. 그렇다면 한 발짝 더 나가 봐도 괜찮지 않을까.

"그럼 네가 준모랑 채림이 연결시켜 주든가."

채림이한테 마음이 없으면 당연히 해 줄 일인데도 영조는 그건 싫다면서 펄쩍 뛰었다. 뭐야, 말로는 아니라더니 마음이 없진 않네. 이랬다저랬다 간사한 녀석 같으니라고.

"사랑은 셀프 미션이야. 자기가 직접 하는 거라고. 남이 대신 해 주는 게 아니라."

틀린 말은 아니었다. 채림이 정말 영조에게 마음이 있다면 고백할 테고 그때는 동환의 급식 잔반보다 더 눈치 없는 영조라도 모든 진실을 알게 될 거다. 그럼 그때 나는 모태 솔로를 탈출하는 친구를 축하해 줘야 하나? 실제 일어난 일도 아닌데 어쩐지 마음이 서글퍼졌다. 그러다 정신이 번쩍 들었다. 아니지, 내가 왜 내 첫사랑을 박살 낸 영조의 연애를 축하해 줘야 한단 말인가. 그럴 일은 절대로 없을 거다. 하늘이 두 쪽 날지라도.

톡톡, 영조가 신발 앞코로 바닥을 쳤다. 이건 뭔가 곤란한 말을 하기 전 영조의 버릇이었다. 영조가 나에 대해 지나치게 많이 아는 것만큼 나 역시 영조에 대해 잘 알았다. 도대체 무슨 어려운 말을 하려고 이러는 걸까.

"내 생각엔 사과도 셀프 미션 같아. 그날, 네가 나한테……."

겨우 잊었는데 설마 그날의 흑역사를 말하려는 건가? 그것만은 막고 싶었다.

"그만!"

급하게 영조의 입을 막았을 때 종료 사이렌이 울렸고 실제 상황은 끝났다.

박력과 무례 사이

유주는 라스카가 아니었다. 마지막 확인을 위해 유주를 꼬드겨 학원 앞 샌드위치 전문점에서 다이어트에 좋다며 당근라페 오픈 샌드위치를 권했다.

"요즘 당근라페 완전 유행인 거 알지? 두 개 시킬까?"

다이어트 때문에 당근라페를 먹지만 일부러 찾아 먹을 정도는 절대 아니었다. 유주의 답을 유도하려고 괜히 꺼낸 말이었다. 샌드위치를 먹으면서 음식의 기호에 대한 이야기를 풀어 가려 했는데 키오스크 앞에 선 유주는 심각한 표정이었다.

"나도 들었어. 아이돌 다이어트 비법이라며? 내 친구는 당근라페 먹고 4킬로그램 뺐대. 나도 좀 빼야 하는데 거의 당근 기피증 수준이라 도저히 먹을 자신이 없네. 너는 당근 좋아해?"

당근을 좋아하냐고 묻는 유주의 눈빛은 해맑았다. 나의 취향을 전혀 모르는 얼굴이었다. 베이컨이 듬뿍 든 샌드위치를 먹으며 혹시 프라하에서 나에게 편지를 보낸 적이 있냐고 직접적으로 물었다.

"편지? 주소를 알아야 보내지. 그리고 이메일이랑 메신저 놔 두고 웬 편지?"

유주에게 사연을 다 말하기는 부끄러워 프라하에서 이름을 안 밝힌 편지가 왔다고만 말했다.

"편지로 인해 곤란한 일이 생긴 건 아니지?"

아무 일 없다고 고개를 흔들자 그걸로 끝이었다. 궁금할 법도 하건만 아빠 사건을 모른 척했던 것처럼 유주는 편지에 대해서도 꼬치꼬치 묻지 않았다. 베이컨샌드위치를 먹는 것만이 세상 유일한 목표처럼 우적우적 씹기만 했다. 그 배려 깊은 무심함이 고마웠다.

남사친과 스터디 브이로그 영상을 촬영한다면서도 주혜는 영어 책이 아니라 호진이만 바라봤다. 호진이 얼굴에 영어가 쓰여 있는 것도 아닐 텐데, 뭐가 좋은지 히죽히죽 웃으면서.

"이건 스터디가 아니라 스마일 브이로그잖아. 주혜가 좋아 죽네."

카페로 공부하러 나오라는 주혜의 연락을 받고도 은솔은 개가 무슨 공부를 하겠냐며 고개를 저었는데 와서 보니 역시나였다.

"주혜를 어떻게 말리겠니. 더 좋아하는 사람이 약자라고, 그러니까 너무 티 내지 말라고 그렇게 얘기했는데."

분명 사귀지 않는다고, 남사친이라고 하면서도 주혜는 호진을 보면 가슴이 너무 뛰어 '심쿵사'할 것 같다고 말했다. 그럴 때면 호진과 헤어진 후 주혜가 상처를 받을까 싶어 걱정스러웠다.

"호진이는 괜찮은 애야. 딱 보면 모르냐?"

"딱 보면 알아서 작년 그 선배도 그렇게 좋다고 했냐?"

은솔이 할 말이 없다는 듯 쩝 소리를 냈다. 암만, 사람이라면 할 말이 없어야지.

마음이 헤픈 주혜는 이제껏 나쁜 남자를 참 많이 만났다. 그중 가장 쓰레기는 작년에 만났던 선배 하 군이었다. 선배는 주혜와 같은 동아리라는 것 말고는 아무 접점도 없었는데 어느 날 갑자기 주혜에게 좋아한다고 고백을 했다. 아빠 사건의 영향으로 나는 예상치 않은 돌발 상황을 싫어했고 썸이나 플러팅 하나 없었던 선배의 고백 역시 탐탁치 않게 느껴졌다.

나와는 로또 당첨 번호보다 더 안 맞는 은솔이 선배가 20미터쯤 떨어져 보면 인기 많은 아이돌 멤버를 닮았다며, 원래 저런 강아지상들이 성격이 좋다고 주혜를 꼬드기자 귀 얇은 주혜가 은솔의 말에 넘어가 고백을 받아들이면서 연애가 시작됐다. 연애 시작 후 고작 일주일쯤 됐을 때 선배는 주혜에게 며칠 뒤가 자신의 생일이라며 10만 원 상당의 맨투맨 티셔츠를 사 달라고 했다. 한 달 뒤 주혜의 생일에 자신도 똑같은 티셔츠를 사 주겠다고, 그때는 커플룩으로 같이 입자는 말까지 덧붙이면서.

주혜는 만나자마자 생일 선물을 요구하는 남친에 대해 어떻게 생각하는지 우리에게 물었다. 나는 선물을 달라는 요구도 뻔뻔하지만 선배가 덧붙인 말이 어쩐지 핑계 같아서 더 의심스럽다고 말했다. 손톱을 잘근잘근 씹으며 불안해하는 주혜 때문에 그렇게 말했지만 내 마음속엔 선배가 양아치라는 것에 확신이 있었다. 손모가지를 걸고 싶을 만큼.

"어차피 네 생일에 똑같은 거 사 준다잖아. 그렇게까지 말하는데 뭘 고민하고 그래. 강아지상 남자는 믿을 수 있다에 내 전 재산을……."

용돈 탕진 후 빈털터리 신세였던 은솔이 내 눈치를 보더니 드물게 자신의 손모가지를 걸었다. 우리 둘의 의견이 달랐지만 며칠 후 주혜는 선배에게 생일 선물을 건넸다. 모태 솔로인 나보다 연애 유경험자인 은솔의 말을 믿는다면서.

선배의 인성은 선물을 받은 뒤 그대로 드러났다. 생일을 얼마 앞뒀을 때, 주혜는 신중하게 고민했지만 우리 둘은 잘 안 맞는 것 같다며 그만 만나자는 일방적인 문자를 받았다. 선배는 주혜가 보낸 연락에 답장 하나 보내지 않고, 학교에서 마주쳐도 모르는 것처럼 굴었다. 집요하게 괴롭히라는 은솔의 코치를 받은 주혜가 어떻게 이럴 수가 있냐, 기분 나쁘다, 만나서 얘기하자는 수백 개의 메시지를 보냈더니 선배는 그제야 자신은 안전한 이별을 원한다고, 제발 질척거리지 말아 달라는 황당한 답을 전했다.

"안전한 이별? 사람 열받게 만드네. 고작 38일 만나면서 뭐가 그렇게 위험했다니? 진짜 위험이 뭔지 알려 줘?"

분노한 우리 셋은 장전된 총탄을 가진 테러리스트라도 된 것처럼 선배를 죽일까 살릴까 하는 험악한 계획을 세우다, 한 시간 뒤부터는 조금 더 현실적인 방법으로 SNS에 공개 저격을 하는 것과 아니면 교실로 찾아가 개망신을 주는 것 중 어떤 게 더 타격이 클까로 머리를 굴렸다. 과연 선배가 살아 있는지, 아니면 죽음에 버금갈 효과적인 타격 방법을 찾았는지 궁금한 분들에겐 민망하지만 결국 우리가 실행에 옮긴 복수는 침을 튀기며 한 몇 시간의 뒷담화가 전부였다.

나중에 들었더니 선배는 사귀던 여자들에게 투투데이네, 생일이네, 밸런타인데이네, 백일이네 하면서 백팩이나 운동화 같은 선물을 요구했고 원하는 선물을 받고 난 뒤에는 주혜에게 그랬던 것처럼 이별을 통보했단다. 선배는 내 짐작대로 양아치였고 주혜는 겨우 한 달 만난 남친에게 삥을 뜯긴 피해자였다. 그래서 은솔의 손모가지는 어떻게 되었냐고? 물론 아직도 은솔의 양팔에 멀쩡하게 붙어 있다. 오랜 우정 같은 고상한 가치 때문이 아니라 내게 갚아야 할 '전 재산'을 만들기 위해 알바라도 하려면 꼭 필요

했기 때문에.

"쥬쥬, 공부 안 할 거야?"

변성기 특유의 걸걸한 목소리로 듣는 쥬쥬라는 호칭은 정말 들어 주기 어려웠다. 사랑의 진짜 위대한 점은 저런 이상한 짓도 거리낌없이 한다는 것이다. 내 눈앞의 두 사람처럼. 주혜는 호진의 지적에 잠깐 책 속으로 고개를 떨구는가 싶더니 잠시 후 얼굴을 다시 호진에게 고정했다. 촬영 중만 아니라면 주혜에게 정신 좀 차리라고 한 소리 하고 싶었다.

"주혜는 공부도 안 할 거면서 스터디 브이로그는 왜 찍는 거래?"

어느 결에 나타난 영조가 은솔에게 물었다.

"브이로그는 핑계고 주말에도 호진이 한번 더 보려는 속셈이지."

촬영은 그야말로 핑계였다. 채림이 영조와 같이 있기 위해 계속 이유를 만드는 것처럼. 사랑은 사람을 자꾸 거짓말쟁이로 만든다.

"맨날 붙어 있으면서 무슨 남사친 여사친이야. 이 장르는 브이로그가 아니라 페이크 다큐 아니냐? 아무튼 나야 좋네. 주혜 딛고 등수 하나는 올릴 수 있으니까."

영조와 세트로 나타난 이선이 주혜를 보며 코웃음을 쳤다. 중간고사 기준 나란히 붙어 있는 주혜와 자신의 등수를 역전시킬 수 있다고 생각하는 것 같았다. 가당치도 않게.

"주혜는 국어 열두 문제 밀려 써서 그 성적이었다고. 또 얘기하지만 너는 네 목숨이나 걱정해."

은솔의 팩트 폭행에 이선이 씩씩거리고 있을 때 나는 준모에게 온 문자 때문에 심난해졌다.

> 담주 일요일 저녁 7시. 시간 가능? ××아파트 상가 카레집에서 저녁 같이 먹자. 토요일 오후 3시 전까지 답 바람

체육실에서 영조가 말했던 것처럼 요즘 준모는 나에게 자주 말을 걸었다. 혹시 따로 듣는 인강이 있는지, 좋아하는 편의점 음료가 뭔지, 학교가 다른데 차유주랑은 어떻게 친해졌는지, C반 선생님은 함수 문제 풀이를 어떻게 하는지······. 그럴 때면 괜히 영조가 의식이 되곤 했다. 그럴 필요가 전혀 없는데도.

"미래야, 잘 가."

심지어 학원이 끝난 후에는 굳이 내가 타는 2호 셔틀버스까지 와서 인사를 건네고 갔다. 고작 몇 마디 때문에 준모는 동시에 출발하는, 자신이 타는 셔틀버스를 향해 미친 듯이 뛰어야 했다.

"너 양준모랑 친했어?"

같은 셔틀을 타는 유주가 궁금해할 정도였다. 유주의 질문에 모르겠단 표정을 지었던 것처럼 준모와는 1학년 때 같은 반을 한 것 말고는 어떤 접점도 없었다. 그래서 갑작스런 준모의 태도가 더 의아했다. 솔직히 말하면 혹시 나한테 관심 있나 하는 의심도 해

봤지만 준모에게선 그 어떤 조짐도 찾을 수 없었다. 호진과 주혜, 채림처럼 사랑에 빠진 이들에게서 보이는, 결코 숨길 수 없는 설렘과 떨림 같은 것들이.

준모의 행동에 대해 고민했지만 나쁜 놈, 쓰레기, 성격 파탄자, 철면피, 사기꾼 같은 카테고리에만 익숙한 나에게 다른 정답지는 없었다. 결국 자칭 연애학 일타 강사 은솔에게 상담을 요청했다. 준모에게 만나자는 연락을 받았다고. 그 말을 듣자 은솔은 양준모가 맞냐고, 옆 반 양준성이 아니냐고 몇 번이나 확인했다. 양준성은 이선과 비슷한 캐릭터였다. 양준모가 맞다고, 같은 대답을 계속 하다 보니 은근히 신경질이 났다. 나 같은 애는 양준모한테 연락을 받으면 안 되는 이유라도 있는 건가 싶어서.

"와, 대박이네. 올해가 도미래 연애 인생의 포텐이 터지는 해인가 보다. 프라하에서 러브레터가 오질 않나, 학교 최고 인기남에게 데이트 신청을 받질 않나."

그 문자가 데이트 신청이었나? 만나자고 하는 제안이었으니 데이트라고 해도 되려나.

은솔은 집안 문제로 머리가 복잡해 절친의 썸도 알아채지 못했다고 자책을 하다, 갑자기 준모에게 플러팅을 받았으면서 자신에게 아무 말도 안 했다며 나를 흘겨보고는 앞으로 자기 앞에서 사포자라는 소리를 하면 가만두지 않겠다고 엄포까지 놓았다.

"데이트 신청도 플러팅도 아닌 것 같다고. 그래서 너한테 의논하는 거고."

오해를 풀어 주기 위해서 문자를 코앞에 들이밀었다. 준모의 문자를 본 은솔이 얼굴을 찌푸렸다.

"이걸 박력 있다고 봐야 할지, 무례하다고 해야 할지 좀 애매하다."

나도 은솔과 같은 마음이었다. 시간이 가능한지 물어봤으면 내 대답을 기다리는 게 정상 아닌가? 준모는 곧장 약속 장소를 알리고 답을 보낼 시간 제한까지 두었다. 마치 수학여행 공지 사항처럼 보였고 왠지 지시에 따라야 할 것 같은 느낌이 들었다. 핸드폰을 뚫어지게 보던 은솔은 아무래도 문자 하나만으로는 파악이 힘들다며 준모 행동에 대해 디테일한 세부 사항을 요구했다. 디테일이라? 은솔에게 말하려고 보니 준모의 행동은 더 애매했다.

얼마 전 학원 아래 편의점에서 준모를 만났을 때 내 손엔 소시지에 비타민 음료가 들려 있었다. 그때 준모는 핫바를 사러 왔다면서 내게 편의점 최애 조합이 뭔지를 물었다.

"너는 말차시리얼에 플레인요거트잖아."

연애와 실연보다 은솔의 전문 분야는 사실 '나'였고 바로 정답을 맞혔다. 하지만 전생의 원수답게 은솔은 말차를 너무 싫어했고 상상만으로도 맛이 느껴지는지 진저리를 쳤다.

어쨌든 은솔은 준모의 그런 행동이 나에 대한 관심이라 했다.

"네 특이한 취향을 놀리지 않았어?"

준모도 말차에 요거트 조합은 처음 듣는다고, 특이하다고 놀라긴 했다. 하지만 그때뿐이었다. 그 며칠 후 편의점에서 다시 만났을 때 준모는 내게 또 물었다. 편의점 최애 조합이 뭐냐고.

"또 물었다고? 그때 뉘앙스가 어땠어? 장난 같았어, 아니면 진짜 모르는 것 같았어?"

은솔은 그 차이가 중요하다고 했다. 장난이라면 자꾸 말을 시키려는 플러팅이 틀림없고 모르는 거라면 무관심이라면서. 자존심 상하지만 굳이 꼽자면 후자 쪽이었다. 너무 황당해서 내가 전에도 물었잖아, 했더니 준모는 그제야 아 맞다, 하면서 얼굴을 붉혔다.

"진짜 기억하는지 궁금해서 내 최애 조합이 뭔데, 꼬치꼬치 물으려다가 옆에 유주도 있어서 관뒀어."

그날 유주는 준모의 붉어진 얼굴을 가리키며 아무래도 준모가 나를 좋아하는 것 같다고, 그래서 저렇게 뚝딱거리는 거라고 말했다.

뚝딱거린다? 유주에게 들은 말을 전해 주었을 때 은솔은 혼잣말을 하며 골똘히 생각에 잠기더니 그건 아니라고 단정했다.

"내 생각엔 그건 입덕 부정기야."

입덕 부정기, 혹은 만물 운명론

아이러니하게도 사포자인 나의 최측근들은 연애 전문가와 연애 실천가들이다. 누구도 그들의 경력을 인정하지 않겠지만. 강아지상 남자의 성격과 고양이상 여자의 특징을 줄줄 꿰고 있고 인중 아래의 하관에 따라 애정운이 결정된다는 허무맹랑한 이론으로 중무장한 연애 전문가 은솔은 준모의 행동이 전형적인 '입덕 부정기'라고 했다.

"입덕 부정기? 무슨 로맨스 코미디도 아니고."

로맨스 코미디는 은솔의 최애 장르였고 고전 명작부터 최신작까지 안 본 것이 없었다. 연애가 체질, 애정의 불시착, 멜로의 화신 같은. 나와 준모가 드라마 주인공이라고? 피식 웃음이 터졌다가 의미를 생각하자 확 기분이 나빠졌다.

입덕 부정기는 이미 누군가를 좋아하기 시작했지만 그 마음을 인정하고 싶지 않아 부정하는 시기를 뜻하는 용어였다. 은솔도 남자 아이돌 그룹의 가장 비인기 멤버를 마음에 들어 했는데 같은 그룹의 리더를 좋아하는 주혜 앞에서는 절대로 티를 내지 않던 '입덕 부정기'를 거친 적이 있었다.

"어차피 같은 그룹인데 왜 주혜 앞에서까지 속여?"

그때 은솔은 혹시 듣는 사람이 없나 주위를 둘러보면서 속삭이듯 말했다.

"내가 좋아하는 멤버는 좀 그래."

자신이 좋아하는 멤버가 외모와 보컬, 댄스는 물론 예능용 개인기와 외국어 능력까지 다른 멤버에 비해 한참 떨어진다고, 당당하게 좋아한다고 말하기가 부끄럽다면서. 물론 한참 시간이 지난 뒤에는 주혜에게 최애 멤버 이름을 밝혔다. 그때는 이미 돌이킬 수 없을 만큼 좋아했기 때문에.

그런데 입덕 부정기라니? 그건 입덕하기엔 부족한 사람을 좋아하게 될 때 쓰는 말이 아니던가. 베프니까 인맥 가산점도 있을 텐데 내가 준모에 비해 그렇게 떨어진다는 뜻인가?

"열 내지 말고 일단 내 말을 들어 봐. 내가 왜 친구의 플러팅 시그널을 놓쳤을까 생각해 봤어. 그제 급식실에서 준모랑 딱 마주쳤을 때 너한테 말도 안 하고 지나갔잖아. 우리 반에 채림이 부르러 왔을 때도 너랑 눈도 안 마주치고. 그런 게 입덕 부정기가 아니면 뭐냐고."

화가 나고 억울하긴 했지만 은솔의 말이 다 맞았다. 은솔은 '입덕 부정기'는 일단 상대방이 입덕을 한 상태니까 기분 나빠할 필요도 없다고 말했다. '입덕 부정기'가 지나면 사랑은 이루어진다면서.

은솔의 말에 고개를 저으면서 만물 운명론을 말한 건 연애 실천가 주혜였다. 우주의 모든 생명체와 사물, 시간과 공간, 인연과 악연, 우연과 필연, 남자와 여자, 연애와 실연 등은 저마다의 운명이 있다면서. 그러면서 주혜는 드라마만 봐도 남주는 남주의 운명이 있고, 조연은 조연의 운명이 있고, 엑스트라는 엑스트라의 운명이 있다고 말했다.

"남자 주인공의 운명은 뭐야?"

"뭐긴 뭐야, 여자 주인공이랑 사귀는 거지."

가만히 있어도 빛나는 존재가 주인공이라고, 남자 주인공은 조연도 엑스트라도 아닌 꼭 여자 주인공이랑 사랑에 빠져야 한다고 했다.

"학교를 드라마 세트장이라고 볼 때 준모는 우리 학교의 남주잖아. 그러니까…… 뭐, 그렇다고."

말을 흐렸지만 뜻은 충분히 알 수 있었다. 주혜는 남주의 운명을 가진 준모가 누가 봐도 여주가 아닌 나와는 어울리지 않는다는 의미였다. 아휴, 이것들을 진짜…….

사람의 마음도 미리보기가 가능하면 얼마나 좋을까. 그랬다면 일요일 저녁 카레집에서 준모를 만나는 일은 생기지 않았을 거다.

그날 '입덕 부정기'가 끝나면 커플로 맺어질 거라는 은솔의 의견과 남주와 여자 조연은 애초에 운명이 아니라는 주혜의 의견이 팽팽하게 맞섰다. 누구의 의견도 마음에 들지 않았지만 원만하게 합의해 달라고 부탁했음에도 기 싸움 끝에 나온 결론은 허무하게도 그냥 카레집에 나가 보라는 거였다. 직접 만나서 얘길 들어 보는 것이 가장 정확하다면서. 고작 그런 말 하려고 전문가인 것처럼 굴면서 사람의 자존심을 있는 대로 긁어 댔던 거니? 누군 그걸 몰라서 물었겠냐고 따지려는데 은솔이 시간차로 붉어지는 내 얼굴을 보면서 선수를 쳤다.

"너 혼자만 나가면 분명 준모가 던진 시그널을 알아듣지 못하고 헤맬 게 뻔하잖아. 우리도 같이 나갈 거야."

우리? 2년 넘게 같은 공간 속에서 지냈는데 준모가 두 사람의 얼굴을 못 알아볼 거라고 생각하는 건가. 도대체 어떤 정신 상태면 저런 아이디어가 나오는 걸까. 은솔을 한심하게 쳐다보고 있는데 주혜가 약속 장소인 카레집을 잘 안다고, 가벽으로 만든 방에 있으면 홀을 몰래 쳐다보는 것쯤은 충분히 가능하다고 말했다.

나의 가장 큰 단점은 귀가 얇고 분위기에 잘 휩쓸린다는 것인데 특히 관계가 가까울수록 그런 경향은 더 커졌다. 그 결과는 예상대로 카레집의 홀 중앙에서 준모를 만나는 거였다. 아치형 문으로 뚫린 방에서 홀을 몰래 지켜보는 은솔과 주혜를 의식하면서.

보통 연인들은 은밀한 곳을 선호한다고, 분명 방으로 가려고 할 테니 네가 먼저 자리를 잡으라는 은솔의 예상과 달리 준모는 홀 중앙 테이블에 앉았다. 모자와 안경으로 위장했지만 마주치면 정체를 모를 리 없는 어설픈 두 탐정이 지켜보기 좋은 위치에, 가게를 드나드는 모든 사람들이 잘 보일 수 있는 자리였다. 아치형 문으로 살짝 나타난 은솔도 고개를 갸웃거렸다. 이해가 안 된다는 뜻이었다.

워낙 애매한 태도를 취했던 준모와의 만남이 일반적인 데이트는 아닐 거라 생각했지만 그 정도는 예상을 뛰어넘었다.

"뭐 먹을래? 너 먹고 싶은 거 아무거나 시켜."

여러 종류의 카레 중 내가 새우크림카레를 골랐을 때 준모는 제일 상단에 있는 대표 메뉴인 비프카레를 골랐다. 고민 없이 메뉴를 고르는 모습에 자주 왔던 곳인가 보다 싶었는데 정작 요리가 나오자 내가 주문한 새우크림카레를 자기 앞으로 가져갔다.

"그건 내 거야. 넌 비프카레 주문했잖아."

내 지적에 준모는 머리를 긁적였지만 딱히 무안해하는 표정도 아니었다. 카레를 먹으면서 여기 자주 오냐고 물었을 때도 주위를 둘러보며 내 말을 제대로 못 들었고 재차 말했을 때야 처음이라고 대답했다.

처음 오는 곳을 약속 장소로 정했다? 좋아하는 여자랑 첫 데이트를 하려면 보통 분위기 좋은 곳을 검색해서 찾아가거나 아니면 자신이 잘 아는 맛집을 가지 않나? 준모가 약속 장소로 정한 카레 집은 청결하긴 해도 분위기가 좋다는 느낌은 전혀 없었고, 맛도 딱 예상 가능한 수준이었다.

"그런데 나를 왜 만나자고 했어?"

만나자마자 용건부터 꺼낼 생각은 아니었지만 밥을 먹으면서도 눈 한 번 마주치지 않고 핸드폰으로 시간만 확인하는 준모의 행동이 궁금해서 물어보지 않을 수 없었다.

"그냥."

대답은 이게 다였다. 뭐가 이렇게 성의 없지? 일부러 셔틀버스까지 뛰어와 작별 인사를 할 때와 완전히 다른 태도는 도무지 설명이 되지 않았다. 그때부터 준모의 행동을 관찰했다. 닭이 모이를 먹고 하늘을 쳐다보는 것처럼 준모는 밥 한 번 먹고 고개를 돌려 주위를 둘러봤다.

> 구경할 일 전혀 없으니까 그냥 방 안에 얌전히 있어

준모가 두리번거리다 애들을 발견하면 어쩌나 싶어 단체방에

메시지를 올렸다.

왜 저러는 거야?

주의 산만 대박이네. 이선을 보는 듯

   은솔과 주혜도 준모의 태도에 기가 질렸는지 연달아 답이 도착했다. 말 한마디 안 하고 핸드폰이나 하고 있는데도 준모는 내 행동의 이상함을 느끼지 못했다. 최악은 주위를 둘러보다 아치형 문으로 얼굴을 내민 주혜랑 정면으로 마주쳤는데도 전혀 알아차리지 못했다는 거였다. 도대체 정신을 어디다 팔고 있는 건지.

들킨 거 아니지?

   주혜만이 호들갑을 떨며 걱정할 뿐이었다. 대문자 X를 하나 보냈더니 대충 먹고 가자는 답이 도착했다.
   빨리 자리를 뜨고 싶은 마음에 입이 터져라 밥을 먹었다. 준모 접시의 밥이 꽤 많이 남아 있었지만 기분이 언짢아서 기다려 주는 배려도 하고 싶지 않았다. 바빠서 그만 일어나겠다는 말을 꺼내려던 차에 가게 문에 달린 종이 울렸다. 그리고 딸랑 소리와 함께 나타난 사람이 나를 보더니 놀란 표정을 지었다.

"어머, 여긴 웬일이야?"

나를 향해 인사를 건넨 유주를 보자마자, 팔에 소름이 돋으면서 모든 상황이 꿰맞춰졌다.

나쁜 놈 이론

말했다시피 나는 의심과 미행, 도청, 불륜 소재가 넘쳐나는 막장 드라마를 보며 사랑과 연애의 부정적 측면을 조기 교육했다. 거기에 잘생긴 놈들은 얼굴값 한다, 세상에 믿을 놈 하나 없다는 외할머니의 말을 동요보다 더 많이 듣고 자랐다.

교육의 영향은 확실했다. 초등학교 2학년 때 뽀얀 피부와 큰 눈을 가진 남자 짝꿍이 좋아한다고 고백했을 때, 몹시 놀라기도 전에 기분이 나빴다. 잘생긴 녀석이라 얼굴값 할 게 뻔했고 결국은 나를 배신할 거라는 생각에서였다.

마음은 고맙지만 학업에 전념하고 싶어,라든가 그냥 친구로만 지냈으면 좋겠어, 같이 완곡하게 거절하는 방법을 모를 나이였던 나는 대놓고 말해 버렸다.

"나는 너 싫어."

날마다 캐러멜을 주면서 아홉 살에 어울리는 플러팅을 했던 짝꿍은 나의 거절에 눈물을 글썽이며 실망했지만 금세 다른 여자아이와 사귀었고 나는 할머니의 '나쁜 놈 이론'이 현실에 적용되는 걸 생생하게 목격했다.

"나한테 주던 캐러멜을 바로 다른 애한테 주더라니까. 나 없으면 죽을 것 같은 얼굴을 하더니, 어쩜 그럴 수 있냐?"

내 불평에 은솔은 이렇게 비아냥거렸다.

"그럼, 아홉 살짜리가 수절이라도 해야 되냐?"

사랑에 떨떠름했던 나의 가치관을 더 단단하게 만든 건 아빠의 사건이었다. 딸 바보 아빠는 할머니가 말했던 나쁜 놈이었고 아빠의 배신에 상처받은 엄마는 막장 드라마 여주인공이었다. 나쁜 남자가 생각보다 가까이―그것도 한집에―있고, 누구라도 비련의 여주인공이 될 수 있다는 깨달음에 나는 기꺼이 사포자를 선택했던 거였다.

"아빠도 나를 배신하는데 어떤 남자를 믿을 수 있겠니?"

현실에 기반한 합당한 문제 제기였지만 내 말을 들은 은솔은 콧방귀를 꼈다.

"82억의 지구 인구 중 절반이 남자일 텐데, 40억 명 중 딱 한 명의 배신 때문에 사포자를 선택한다고?"

은솔은 이해할 수 없다는 표정을 지었지만 그건 숫자의 문제가 아니었다.

"그럼 네 옆엔 나쁜 놈들이 없었어?"

은솔은 골똘히 생각하더니 없진 않다고 했다. 책상에 멋대로 선을 그어 놓고는 선을 넘어간 지우개와 필통을 자른 녀석도 있었고, 돈을 빌려 가 안 갚은 친구도 있었고, 지금도 사사건건 말대꾸하고 시비를 거는 영조나 이선 같은 아이들도 있지만 사포자를 선택할 정도는 아니라면서.

"아저씨한테는 너무 죄송한 말이지만 이제 나쁜 놈은 없잖아. 그러니까 사포자 포기해도 되지 않아?"

은솔의 설득에 나는 끝내 넘어가지 않았다. 그리고 은솔에게 말하지 않았지만 아빠 말고 나에게 씻을 수 없는 상처를 준 나쁜 놈이 한 명 더 있었다. 게다가 이번에 준모까지 더해져 세 명이 됐다.

"입덕 부정기가 아니라 차유주였네."

유주가 가게로 들어온 순간 준모의 얼굴이 모든 걸 말해 주었다. 유주에게로 향한 시선과 저절로 벌어지는 입까지, 준모는 얼굴의 모든 근육을 동원해 기쁨을 표현했고 그걸 모르기는 쉽지 않았다. 짐작으로 끝났을 수도 있는 걸 자료 조사까지 한 사람은 역시나 마당발 은솔이었다.

준모가 학원에서 만난 유주에게 좋아한다는 티를 많이 냈다고, 눈치챈 애들도 많던데 너는 몰랐냐고 오히려 나에게 되물었다. 생각해 보니 준모가 말을 걸고 인사를 할 때마다 옆에 유주가 있었다. 일부러 셔틀버스까지 와서 인사를 건넨 것도 나 때문이 아니라 유주 때문이었다. 그러니까 준모는 나를 이용해 유주를 떠보려고 했던 거였다.

"그래서 학교에서는 너한테 아는 척도 하지 않았던 거야."

은솔과 주혜는 조별 발표할 때처럼 번갈아 가며 준모의 이상한 행동을 분석했다.

"다른 건 몰라도 내가 박호진 박사잖아. 준모도 유주에 대한 조사를 샅샅이 했던 거지."

사랑에 빠진 사람들이 그러하듯 준모는 유주의 일거수일투족에 관심을 가졌고, 일요일 저녁이면 아빠와 함께 아파트 상가 카페집에 자주 온다는 것도 알고 있었단다.

"거기 유주가 사는 아파트였는데 그것도 몰랐어?"

알고 있었지만 준모에게 포커스가 꽂히면서 까먹어 버렸다.

"유주가 그날 안 나왔으면 어쩌려고 거길 갔을까?"

평소 냉철한 모습의 준모가 확실하지도 않은 가능성에 기댄 이유가 진심으로 궁금했다.

"그럼 다음에 또 갔겠지. 원래 사랑은 타인의 눈으로 보면 다 쓸모없는 시간과 노력으로 느껴지는 법이란다."

주혜의 설명을 들으니 준모에게 더 화가 치밀었다.

"그런 쓸모없는 짓거리에 나를 이용했던 거였어?"

"그러니까 준모의 속셈을 진작에 눈치챘어야지. 거길 뭐 하러

나가서……."

아차 싶어서 은솔이 입을 닫았지만 분노 게이지가 치솟은 나를 말릴 수는 없었다. 눈치? 전문가인 척하면서 가기 싫다는 나를 달래고 얼러서 카레집으로 나가게 만든 게 바로 너희 둘이란다. 벌써 그 사실을 잊은 거니?

원망의 화살이 자신들에게로 쏠리자 주혜가 태도를 바꿨다. 도둑을 놓쳤다고 도둑이 아닌 경찰을 욕하면 되겠냐면서, 자신들이 실수를 하긴 했지만 결국 모든 문제의 원흉은 준모라며 작년 쓰레기 남친에게 가했던 복수의 방법처럼 온갖 욕을 퍼부어 댔다. 미친, 이기적인, 비겁한, 지질한…….

주혜의 거침없는 욕을 들으며 정작 떠오른 얼굴은 준모가 아니라 영조였다. 사랑은 셀프 미션이라는 말은 진리였고, 동환을 떠보려고 영조를 이용했던 나 역시 벌을 받은 거라고 자책했다. 그때 다친 무릎의 상처는 아직 아물지 않았다.

항성과 행성

과학 시간에 항성과 행성의 차이에 대해 배웠다. 과학 선생님이 우주는 수많은 별이 사는 거대한 세계인데 별도 사람처럼 태어나고 빛나고 사라진다고 설명했다.

"별은 너희들과도 비슷해. 채림이처럼 눈을 크게 뜨고 반짝이는 별이 있는가 하면, 이 시간만 되면 항상 눈을 감는 이선이처럼 빛을 내지 못하는 것도 있지."

이선이 아이들의 키득거리는 웃음소리에 눈을 뜨더니 마치 아무 일도 없었던 것처럼 굴었다. 입가에 침 자국이나 닦지.

선생님은 스스로 빛을 내는 별을 항성이라 부르고 빛을 내진 못하지만 항성 주위를 돌며 그 빛을 반사하는 천체를 행성이라 부른다고 말했다.

"다들 지구 별이란 말 들어봤지? 사실 별은 스스로 빛을 내는 항성을 뜻하는 말이고, 태양계에서 항성은 태양 하나뿐이야. 엄격히 말해서 지구 별은 잘못된 용어지."

그러니까 우리 반의 태양은 채림이구나. 선생님마저 인정한 스타, 스스로 빛나며 존재감을 뿜내는 아이. 왠지 씁쓸하고 샘도 났다. 선생님의 설명이 끝난 뒤 동환이 이선을 가리키며 '이런 행성 같은 놈'이라고 말했고 아이들은 책상까지 두드리며 웃어댔다.

"잠깐만 얘들아, 항성과 행성은 우열의 문제가 아니야. 저마다의 역할이 다를 뿐이지. 태양 주위를 돈다고 지구가 열등하다고 볼 수는 없잖아."

선생님도 오랫동안 짝사랑한 여자의 주위를 맴돌았다면서, 존재 자체를 지질하고 못나게 보면 안 된다고 말했다. 오랜 짝사랑 상대와 작년에 결혼한 과학 선생님은 사랑꾼답게 수업 시간에도 사랑을 예로 들어 설명했다.

과학 수업이 끝난 후 교실로 돌아가려는데 은솔이 내 옆구리를 툭 쳤다. 채림을 보라고 하면서. 선생님은 반장에게 태양계 행성 모형을 과학실 유리 진열장에 넣으라고 시켰다. 태양을 중심으로 크기가 다른 행성을 표현한 모형은 선생님이 연약한 채림에게 부탁할 정도로 크지도, 무겁지도 않았다. 그랬는데도 채림은 모형을 두 손으로 들더니 영조에게 진열장 문을 열어 달라고 부탁했다. 문을 미리 열어 놓고 모형을 집어넣으면 충분히 혼자서 할 수 있는 일을, 거기다 과학실 같은 모둠도 아닌 영조를 굳이 불러 부탁했다. 영조에게 고맙다며 환하게 웃는 채림. 은유법에서 직유법으로 변화한 채림의 플러팅은 이제 더 노골적으로 바뀌었다. 눈치 빠른 아이라면 알아차릴 수 있을 정도로.

그중 한 명은 주혜였다. 설마 채림이 영조를……. 주혜는 너무 놀랐는지 말을 잇지 못하고 입을 틀어막았다.

"수업 시간엔 분명 채림이가 태양이었는데, 지금은 완전히 역전됐네."

은솔 말처럼 더 사랑하는 사람이 언제나 상대방 주변을 맴도는 행성이 된다. 주혜나 채림처럼, 그리고 준모처럼.

그날 저녁, 주혜가 있는 단체방은 채림과 영조 때문에 쉬지 않고 울렸다. 역시나 글을 올리는 건 주혜였고 은솔은 맞장구를 쳐주는 정도였다.

대박, 채림이 영조 좋아하는 것 맞지?

응

나는 학원 수업 시간이라서 눈팅만 하고 있었다.

처음엔 헉했는데 이제 보니 영조 인기 많더라

200

뭔 소리야?

나도 은솔과 같은 마음이었다.

채림파 애들은 영조를 성격 미남이라 부르던데

채림파는 채림과 친한 몇몇 아이들이었다. 그런데 성격 미남? 은솔도 주혜의 말에 동의하는지 손가락으로 동그라미를 그린 이모지를 올렸다. 그러니까 영조 성격이 좋다는 뜻? 나한테만 까칠한 거니까 영조 성격이 나쁘다고 말할 수는 없지만 그렇다고 무슨 성격 미남까지……. 앞에서 선생님이 칠판 가득 수식을 적고 있는데 시선은 책상 아래 핸드폰으로만 쏠렸다.

주혜는 영조가 투덜거리면서도 뺀질이 부반장 유강우가 할 일을 대신 해 주는 경우가 많다고 칭찬했다. 체육 시간 후의 기구 정리도, 특별 활동실 청소도, 하다못해 학교 수위 아저씨가 키우는 강아지 밥 주는 일까지 하고 있다면서.

마라탕 먹던 날 미래한테 점퍼 척 걸쳐 주는데 살짝 심쿵했음

클럽 모임 날 까불이 이선이 숟가락을 놓치면서 마라탕 국물이

내 옷에 튀자 영조가 점퍼를 벗어서 가려 주긴 했었다.

그게 왜 심쿵?

결국 참지 못하고 나도 대화에 참전했다. 문제의 원흉인 이선의 몸이 워낙 말라 옷이 안 맞을 테니 영조가 대신 벗어 준 것뿐이었다.

미래는 수업 듣지. 수학 쌤 무섭다며. 이제 눈팅도 금지

그럴 거면 메시지를 하지 말던가.

가만 보면 너희 둘, 영조한테 너무 야박해

우리가 뭐, 라고 은솔이 답을 달자마자 주혜는 영조의 좋은 점을 휘리릭 나열했다. 착하고, 생각이 깊고, 믿음직스럽다면서.

카페에서 미래 무릎 다쳤을 때도 영조가 밴드 사 왔다면서?

틀린 말은 아니었지만 자기 때문에 일어난 사고니까 책임감 때문에 그런 거였다. 은솔이 나를 대신해 전후 사정을 다 말해 줬다.

주혜 말을 듣고 보니 좀 그런 면이 있긴 했다. 주혜는 등잔 밑이 어두운 법이라면서 어쩌면 영조가 우리 생각보다 훨씬 더 좋은 사람일지도 모른다고 말했다.

태양 주위를 맴도는 행성에는 수성, 금성, 지구, 화성, 목성, 토성, 천왕성, 해왕성이 있는데 태양과 가까운 행성부터 나열한 순서라고 배웠다.

"여러분의 부모님이 태양계 행성에 대해 배웠을 때는 지금처럼 여덟 개가 아니라 아홉 개였어요. 해왕성 뒤에 명왕성이 하나 더 있었거든요. 그랬는데 관찰 결과 행성의 조건에 어긋나서 2006년 국제천문연맹이 공식적으로 명왕성을 행성에서 제외했어요."

명왕성이 행성의 자격을 잃었을 때 미국이 유독 강한 반감을 드러냈는데 그중 일부 사람들은 시위를 벌이기도 했다. 다른 행성들과 달리 유일하게 미국인이 발견한 행성이어서 미국인의 정서를 건드렸다고 했다.

"항성과 행성의 차이가 우열의 문제가 아닌 것처럼 행성의 자격 유무에 관계없이 명왕성은 언제나 똑같은 천체예요. 그걸 인간이 감정을 섞어서 바라보는 것일 뿐이지요."

예나 지금이나 명왕성이 같은 것처럼 이혼을 해도 부모는 똑같은 부모라는 말을 은솔에게 말할 수는 없었다. 파자마까지 준비해서 외박하겠다며 온 친구에게는.

씩씩거리며 들어오는 은솔 뒤에서 엄마는 양쪽 검지를 머리에 붙여 위로 찔러 댔다. 좀 전 둘째 딸의 외박을 알리는 은솔 엄마에게 뭔가를 들은 눈치였고, 은솔이 머리끝까지 화가 났다는 뜻이었다.

좁은 싱글 침대에 어깨를 겹치듯 은솔과 나란히 누웠다. 오래전 천장에 붙인 야광별은 이제 형광이 모두 휘발되어 불을 꺼도 희미한 형체만 보였다. 밤에 무섭지 말라며, 세계를 여행하는 꿈을 꾸라며 북두칠성 모양으로 별을 붙여 준 사람도 흐릿한 기억으로만 남았다.

"넌 왜 또 외박이야?"

청설모 모임에 갔다 온 엄마에게 은솔 부모님의 이혼이 기정사실이고 거의 준비가 끝났다는 말을 들었다. 절대 나쁜 감정으로 헤어지는 것이 아니라 더 늦기 전에 혼자 사는 삶을 실현시키고 싶어 결정한 일이라는 것도. 하지만 당장은 변하는 것이 없다고 했다. 받아들이기 힘들어하는 은솔을 위해 당분간은 거처를 분리할 계획도 없고, 또 마지막까지 신중하게 고민을 거듭할 생각이라고 했다.

"그럼 굳이 이혼 안 하고 살 수도 있는 거잖아. 엄마가 좀 말리면 안 돼?"

엄마가 두 딸을 생각해서 참으라고 설득했을 때 두 분은 이미 결론에 대해 의견을 나눈 상태였고 어차피 따로 살 거면 법적으로도 독립을 하는 것이 맞다는 결정까지 내렸다고 했다. 엄마는 두 분의 결정을 현실에서 보기 힘든 '경건한 이혼'이라고 표현했다.

"왜 또 외박이냐니. 몰라서 묻냐? 집에 계신 그와 그녀 때문이지."

나는 자유로운 환경 속에서 자란 은솔이 두 분의 이혼 결정을 존중하고 이해할 수 있을 거라 생각했다.

"결혼한 두 사람은 두 개의 평행선과 같아. 서로 사랑했고 뜻이 맞아 앞날을 함께하기로 했어. 그런데 사실 두 개의 직선은 평행하지 않았어. 하나의 선이 살짝 어긋나 있었거든. 눈으로는 확인조차 할 수 없는 아주 미세한 차이를 아무도 알 수 없었지. 하지만 평행선이 앞으로 갈수록, 그러니까 시간이 흐를수록 차이는 벌어질 수밖에 없어. 헤어짐은 그런 거야. 평행선이 더 이상 평행을 이루지 못할 때, 서로의 차이를 인정하고 물러서는 거라고."

아빠의 배신을 알게 됐을 때 은솔이 나에게 해 준 말이었다. 어른들의 눈에는 장난처럼 보일지 모르겠지만 은솔이 해피 실연 클럽에 애정을 갖는 건 나 때문이었다. 사람과의 관계에서 사랑만 있을 수는 없다고, 이별도 의연하고 멋지게 할 수 있다고, 아빠의 배신에 힘들어하는 나를 위로하기 위해서였다.

은솔은 주혜가 호진과 헤어진 후 울었을 때도 이별을 겪은 영혼이 한 뼘은 더 커졌다며 위로의 말을 건넸다. 쓰리고 아파도 이별을 담담히 받아들일 수 있게 도와주는 게 해피 실연 클럽의 일이라고 했다. 달리다가 넘어진 것처럼, 라면 국물이 옷에 튄 것처럼, 메시지를 잘못 보낸 것처럼 이별은 누구에게나 일어나는 일이니 죽을 것처럼 슬퍼할 필요는 없다고 말이다. 그렇게 말했지만 본인의 문제는 역시 마음대로 안 되나 보다. 아무리 경건해도 이혼은 이혼이니까.

"너도 부모님 이혼에 배신감 느껴?"

실망을 했을지는 몰라도 아빠의 경우와 달라서 배신감까지는 안 느낄 거란 생각이 들었다.

"이게 배신감인가? 모르겠어. 그냥 짜증만 나."

이성적으로 생각하면 두 분의 의견을 존중해야 하지만 그게 안 된다고 했다. 자식을 위해 무조건적인 희생을 할 필요는 없지만 다른 부모님들처럼 그냥 평범하게 살면 안 되나, 그런 생각이 든다고.

"이성적으로만 되겠냐? 유치원 때부터 마마보이로 소문난 호진이도 결국 엄마 몰래 주혜 사귀잖아."

마음이야말로 마음대로 안 된다는 걸 비공식적인 공식 커플 호진과 주혜가 보여 주고 있었다.

"결국 이혼 여행 가신단다. 이혼을 준비하면서 이혼 여행 가는 사람이 어디 있니?"

은솔은 부모님이 부다페스트 항공권을 끊었다며 한숨을 쉬었다. 진솔 언니는 그걸 마지막까지 노력하는 모습이라고 보던데 자기 눈엔 절대 그렇게 보이지 않는다고. 사랑하기 때문에 헤어진다는 말도 우스웠지만 그건 말이라도 예쁘지 않으냐면서 두 분의 경우는 그냥 코미디 같다고 했다.

문득 랑자 언니 생각이 나서 은솔에게 얘기를 했다. 랑자 언니는 '나를 배신한 그'를 잊기 위해 여행을 시작했고 지금은 프라하에서 한인 민박 스태프로 일하고 있다고. 좋은 직장을 버리고 해외에서 고된 일을 하는 걸 누가 이해할 수 있겠냐고. 남들이 손가락질할 만한 여정이지만 떠돌고 방황하면서 조금씩 자신을 찾기 시작했다고. 앞으로 일어날 일들에 미리 걱정하지 말고 조금은 느긋하게 기다려 보자고. 빛바랜 북두칠성을 보는데 은솔의 코 고는 소리가 들렸다.

랑자 언니 블로그에 들어가서 프라하 천문대 사진을 퍼 왔다. 과학 시간에 별에 대한 걸 배워서 그랬는지 다른 때라면 관심도 없었을 천문대 관련 정보도 전부 찾아 읽었다.

> 사진 퍼 가요
> 언니는 이제 방랑자가 아니라 프라하에 정착한 것 같네요

사실 랑자 언니와는 최근에 연락이 뜸해진 상태였다. 프라하에서 편지를 받았다는 얘기를 한 후 랑자 언니가 자꾸 라스카를 찾았는지 궁금해했다. 그 관심이 부담스러워 사포자라는 내 정체를 밝혔는데 언니는 말도 안 된다며 반대했다. 사람을 미워할 순 있어도 사랑을 포기하면 안 된다고.

원칙적으로 맞는 말이었지만 그냥 잔소리 같아서 듣기 싫었다. 괴로워 죽을 것처럼 굴 때는 언제고 아주 사랑꾼 다 되셨네, 비아냥거림을 감추고 짧게 '넵'이라고 답을 달았다. 하지만 아마 랑자 언니도 알았을 테다, 무성의한 대답이 내 진심이 아니라는 것쯤은.

천문대 사진을 퍼 오며 남긴 글에 랑자 언니가 그동안 잘 지냈냐는 답글을 달았다. 싫어하는 티를 냈는데도 눈치가 없는 건지 또 라스카를 찾았냐는 질문을 건넸다.

> 라스카, 그게 뭐죠?
> 머릿속에 국영수를 채워 넣기 바쁜 대한민국 중3은
> 다른 걸 생각할 여유가 없답니다

이건 진심이었다. 라스카를 찾겠다며 영조 앞에서 망신을 당한 것도, 괜히 유주를 의심하며 걱정했던 것도, 아주 먼 과거의 일처럼 느껴졌다. 나의 현실은 얼마 안 남은 기말고사였고, 목표는 이마를 가득 채운 좁쌀 여드름 퇴치와 하복부 3킬로그램 감량이었다.

냉정하게 생각해 보면 라스카의 편지는 비현실적이었다. 누가 프라하에서 나에게 편지를 쓴단 말인가. 편지는 몽글몽글한 구름인 줄 알았는데 먹고 나면 손바닥에 끈적함만 남기는 솜사탕 같은 존재였다. 구름 같아 보여도 솜사탕은 설탕 덩어리 불량 식품이었고 편지는 '라스카'란 체코 단어로 포장된 고약한 장난이었다. 가슴 아프지만 그게 냉정한 현실이었다.

다시 장난에 놀아날 일은 없을 거라 생각했는데…… 랑자 언니의 메시지는 불시에 뒤통수를 치는 지독한 장난처럼 시작했다.

프라하에서 라스카를 찾았다고 하면 믿어 주려나?

거짓말 같은 이야기

중절모와 헐렁한 옷차림, 칫솔모를 붙인 것 같은 콧수염, 우스꽝스러운 걸음걸이로 할리우드를 사로잡았던 찰리 채플린은 장난기도 많은 사람이었다. 1915년 샌프란시스코에서 '찰리 채플린 흉내 내기' 대회가 열렸고 찰리 채플린도 그 대회에 참가했다. 심사위원 자격이 아니라 참가자로서. 그 사실만으로도 놀랄 일인데 더 놀라운 건 그 대회의 우승자는 찰리 채플린이 아니었다는 점이다. 찰리 채플린보다 더 찰리 채플린 같은 사람은 누구였을까.

세상에는 드물게 이런 장난 같은 일이 생기기도 한다. 프라하에서 정체불명의 편지를 받은 것처럼, 혹은 프라하에서 라스카를 찾은 것처럼.

자칭 타칭 글로벌 입맛이라고 자부하던 랑자 언니가 프라하 구시가지 한식당에 간 것은 민박집 손님의 생일 파티 때문이었다. 한국인의 소울 푸드 제육볶음과 김치찌개 등을 시켜 먹는 와중 우연히 옆자리의 이야기가 귀에 들어왔단다. 시끄럽게 틀어 놓은 K팝 음악과 홀을 꽉 채운 손님들의 목소리를 뚫고서.

2인석 옆 테이블엔 남자 혼자 밥을 먹고 있었어. 그런데 잠시 후 가게에 들어오던 다른 손님이 남자에게 인사를 건네는 거야. 혹시 민박집 스태프 아니냐면서, 작년에 거기 일주일 묵었는데 자기를 기억하냐면서. 프라하가 큰 도시긴 해도 여행자들의 동선은 겹치기 일쑤고 한식당에서 아는 얼굴을 만나는 건 놀라운 일은 아니거든. 내가 놀랐던 건 인사를 건넨 여자의 입에서 나온 민박집 상호였어.
행자 동생, 어디일 것 같아? 맞았어. 혼밥하고 있던 남자가 일하는 곳이 바로 '아이 러브 프라하'였어.

에어컨을 튼 것도 아닌데 팔뚝에 소름이 와락 돋았다. 라스카가 편지를 보낸 주소가 바로 '아이 러브 프라하'였다. 거기까지 읽었을 때 화면을 닫았다. 도저히 더 볼 자신이 없었고 만약 랑자 언니가 옆에 있다면 아무것도 하지 말라고 뜯어말리고 싶었다. 라스카의 장난질에 놀아나기 싫은 마음이 거짓은 아니었는데…… 고작 2분을 못 넘기고 나는 다시 화면을 켰다.

지금쯤 행자 동생 가슴이 얼마나 쫄깃해져 있을지 생각하니까 웃음이 나오네. 그걸로 끝이었다면 내가 이렇게 편지를 쓰고 있지는 않을 거라 생각하지? 맞았어. 나는 남자에게 행자 동생이 받은 편지에 대해 물어봤어. 그 주소에서 라스카란 이름으로 한국에 보낸 편지가 있는데 혹시 아냐고. 그렇지만 물으면서도 큰 기대는 하지 않았어. 손님들이 워낙 많이 드나드는 곳이니까.

남자의 대답이 궁금하지? 두구두구두구두구, 프라하에서 라스카를 찾았다고 하면 믿어 주려나?

숨이 컥 막혔다. 이제 더 이상 라스카 따위 상관없다고, 그가 누구건 궁금하지 않다고 생각했는데 나는 어느새 스크롤을 내리고 있었다.

라스카는 그 사람이었어

그 사람? 문장을 읽고도 이해가 가지 않았다. 한식당에서 혼밥 하던 민박집 직원이 라스카였단 말인데, 프라하에 거주하는 지인은 사돈의 팔촌까지 찾아봐도 한 명도 없었다. 진짜 그 남자가 라스카라고?

그 남자도 랑자 언니의 얘기를 듣고 그걸 어떻게 알았냐면서 놀랐단다. 나에게 헛된 기대와 망신과 비참함까지 알려 준 라스카의 정체가 드디어 밝혀졌다. 하지만 남자는 자신은 편지를 보내긴 했지만 쓰지는 않았다고 말했단다. 이건 또 무슨 소리람?

남자가 편지를 발견한 곳은 삐걱대는 소리 때문에 클레임이 들어온 3번 방 창가 쪽 침대 아래였다. 손으로 눌러 스프링이 만져질 정도로 오래된 매트리스를 즉시 폐기하기로 결정했고 구깃구깃 구겨져 먼지까지 뒤집어쓴 편지도 사실상 쓰레기였다. 곧바로 버렸다면 편지는 살아남지 못했을 테지만 방을 쾌적하게 유지한다는 이유로 쓰레기통이 거실 한군데에만 있었던 탓에 남자의 손에 편지가 머문 시간이 길어졌다.

먼지가 묻을까 손톱으로 든 편지 위에서 영어로 쓰이긴 했어도 너무 익숙한 한국 주소를 발견했고, 차마 쓰레기통에 넣을 수 없었단다. 왜 주소까지 적은 편지가 버려져 있었을까? 호기심을 이기지 못해 읽은 편지글에는 한국에 사는 도미래란 소녀를 향한 수줍은 고백이 쓰여 있었다. 그 순간 남자는 남의 연애편지를 대신 써 줬던 주인공이 나오는 한 편의 영화를 생각했다. 사랑하는 여자에게 자신의 정체를 드러낼 수 없었던 영화 속 주인공 '시라노'의 마음을 떠올리긴 했지만 남자가 중앙 우체국 근처에 갈 일이 없었다면 편지를 보내지는 않았을 것이다.

발신인의 이름을 고민하다가 남자는 라스카라고 적었대.

라스카란 단어 말고는 아무것도 떠오르지 않았다면서. 말랑말랑한 사랑 고백의 주인공 이름이 '사랑' 말고 또 뭐가 될 수 있겠어. 아참, 이름 말고 남자가 어쩔 수 없이 자신의 흔적을 남긴 곳이 있다고 했어. 언제 쓰인 건지 몰라서 날짜도 적지 않았지만 글이 마무리되지 않은 채로 끝나서 말줄임표와 안녕이란 말을 썼다면서. 아직 라스카의 편지를 간직하고 있다면 한번 확인해 봐.

남자의 말은 사실이었다. '한국에 돌아가면 너를 만나서' 다음엔 개미똥만큼 작은 동그라미 몇 개밖에 없었다. 과학 선생님이 개미는 똥을 누지 않는다고 했으니 볼펜똥이라 부르는 게 더 맞으려나. 아무튼 말줄임표 대신 들어갈 내용을 찾느라 은솔과 야한 상상도 많이 했는데……. 사실 아무 내용도 없었던 거다.

'이제 라스카와는 안녕이구나.'

랑자 언니의 수고가 고마웠지만 라스카를 찾은 것도, 그 반대도 아닌 상황이 어쩐지 개운치 않았다.

은솔은 랑자 언니의 메시지를 읽고 어떻게 그런 일이 있을 수 있냐며, 몇 번이나 소름 돋은 팔뚝을 쓸어내렸다.

"요즘 나의 인류애가 거의 바닥이었거든. 나야말로 사포자 상태웠다고. 그런데 이런 사연을 만나니까 다시 연애 세포가 살아난다."

생각해 보니 요사이 은솔의 플러팅 착각이 부쩍 줄어든 상태였다. 며칠 전 강우가 준 프로틴바를 먹을 때도, 이선이 주번 일을 도와줬을 때도 아무런 반응이 없었다.

"플러팅 중독자가 웬일이래? 혹시 이선이라서 안 놀라는 거야?"

옆구리를 찌르며 물어보자 은솔은 표정 없이 이렇게 말했다.

"저런 애가 무슨 플러팅이야?"

고작 두 달 전 이선의 우유를 받았을 때와 사뭇 달라진 은솔의 변화를 눈치 못 채고 넘겨 버리고 말았다.

"결국 라스카의 정체는 못 밝히고 끝나 버렸네."

편지를 서랍 깊숙이 넣는 걸 본 은솔은 서운한 표정이었다. 부모님 문제로 의기소침한 은솔이 그나마 반짝 빛나는 순간은 라스카 찾기 탐정 일을 할 때였는데, 이젠 그 일도 끝나 버렸다. 라스카는 단호하게 자신의 정체를 밝히길 거부한 셈이니 우리는 그 뜻을 존중하기로 결정했다.

시간에 쫓겨 영화의 결말도 못 보고 나온 것처럼 아쉬운 마음이 들었다. 나도 모르게 휴, 한숨이 나왔다.

"혹시 얼마 전에 도찬이 형사로 나온 드라마 봤냐? 거기선 협박 편지에 무슨 가루를 뿌리면서 지문을 찾더라고. 그러다 까칠한 과학 수사 요원이랑 도찬이 눈이 맞잖아."

도찬은 은솔에게 입덕 부정기를 안겨 주었던 아이돌 그룹의 비인기 멤버였다. 드라마 배경은 경찰서였지만 내용은 로맨스였다. 한국 드라마는 경찰서에서도, 스키장에서도, 회사에서도, 학교에서도, 감옥에서도 사랑이 싹텄다. 강력계 형사가 지문 검출하는 과학 수사 요원과 사랑에 빠질 확률이 과연 얼마나 될까 싶은데도 남녀 주인공들은 그 어려운 걸 잘도 해냈다.

"라스카 편지에 지문 검사라도 해 보자고?"

의뢰 방법도 모르는 데다가 지문을 찾은들 누구의 것인지 알 길도 없었다. 은솔에게 이런 질문을 한 건 이제 정말 끝이라는 걸 인정해야 한다는 뜻이었다.

"누가 그렇대. 그냥 답답해서 해 본 말이지. 드라마에서 도찬도 멀쩡한 사람을 범인으로 오해해서 잡아넣고 징계도 받았거든. 그랬는데 막다른 길에 몰렸을 때 갑자기 새로운 증거가 나오면서 사건을 해결하더라고."

하라는 수사는 안 하고 사랑 놀음이나 하니 범인을 찾을 수가 있을까 싶었지만 드라마답게 주인공 도찬은 극적으로 증거를 찾아 사건을 해결했다. 하지만 현실은 드라마가 아니었다.

"새로운 증거? 말이 되는 소릴 해라."

은솔 말에 피식 비웃었는데…… 며칠 후 새로운 증거가 나타났다. 거짓말처럼.

어이없는 은메달

영조가 수영을 시작하게 된 계기는 소극적인 성격을 고치기 위해서였다. 슈퍼에 심부름을 보내도 가게 앞에서 손가락을 쥐었다 풀었다 하면서 손바닥이 축축해지도록 못 들어갔고, 낯선 사람과 눈이 마주치면 혹시 말이라도 시킬까 싶어 꽁무니가 빠지도록 도망치기 일쑤였다는 영조 엄마의 말처럼, 처음 수영 교실에 왔던 날에도 영조는 제대로 된 인사도 못 하고 고개만 숙이고 있었다.

고작 두 달 먼저 왔으면서(일곱 살에 두 달 차이는 결코 작지 않지만) 선배 노릇을 하고 싶던 은솔이 목소리가 작다고 타박하자 영조는 금방이라도 울 듯한 표정을 지었다.

"다 들렸는데 작긴 뭐가 작아."

의협심이나 정의감과는 거리가 먼 내가 뾰족하게 말한 이유는 영조보다 한 달이나 먼저 왔지만 나보다 한 달 더 일찍 왔다고 선배인양 굴던 은솔이 얄미워서였다. 순전히 은솔에게 보란 듯이 편을 들어 준 거였지만 영조는 키를 훌쩍 넘은 저수지에 빠진 사람에게 구명 튜브를 던져 준 것처럼 고마웠다고 두고두고 말했다.

우리 앞에서 말도 제대로 못 했던 영조는 물에 들어가면서 다람쥐 어린이 수영 클럽의 에이스로 두각을 나타냈다. 셋 중에서 제일 먼저 숨쉬기를 배워 킥판을 뗐고 네 가지 영법과 핀 수영까지 빠르게 정복했다. 배영을 할 때면 볼록 튀어나온 배 때문에 복어라고 놀림을 받기도 했지만 그 시절의 영조는 귀여운 구석이 많았다. 물론 그 시절 한정일 뿐이지만.

킥판을 떼고 한 자유형 수업 첫날, 고작 5초 먼저 출발했는데 부스터를 단 것처럼 엄청난 발차기 실력을 보이며 멀어져 가는 영조를 보면서 농담으로라도 더 이상 선배 노릇을 할 수는 없겠다고 느꼈다.

"너, 정말 빠르더라."

그날 내 칭찬에 영조는 깜짝 놀라며 나? 하고 되물었다. 본인이 빠르다는 것도 모를 정도로 수영에 몰입하고 있었던 거였다. 어쩌면 그날부터였던 것 같다. 영조가 선배였던 우리에게 농담을 하고 장난을 치고 결국은 나를 무시하고 구박하는 지경까지 이르게 된 기나긴 역사의 첫 시작은.

영원한 건 절대 없다는 노래 가사처럼 다람쥐 어린이 수영 클럽도 시간이 흐르면서 해체됐다. 은솔이 전학 가면서 제일 먼저 그만뒀고, 그다음으로 은솔이 없는 수영장이 휑하니 느껴져서 내가 그만뒀고, 영조만이 끝까지 수영장을 다녔는데…… 결국 의미 있는 성과를 이뤄 냈다.

일요일 오후 청설모 단톡방에 공지가 하나 떴다.

'이영조, 제13회 수영연맹회장배 수영 대회 중학생 자유형 50미터 은메달 수상.'

영조의 집에서 열린 수영 대회 수상 기념 청설모 모임은 갑작스러운 공지에도 세 가족 중 진솔 언니만 빼고 전원이 모였다. 안 오면 서운할 뻔했는데 와 줘서 고맙다는 영조 아줌마의 말처럼 은솔 부모님의 등장은 조금 의외였다. 이혼 얘기가 오간다는 걸 알고 있었기에 나도 은솔만 오지 않을까 예상했었다.

"영조를 축하하는 일인데 당연히 와야죠."

은솔 엄마와 아빠는 여느 때와 다를 바 없었다. 엄마 말대로 '경건한 이혼'이라서 가능한 일인가 싶었다. 너무 태연한 부모님 때문에 인상을 구긴 은솔을 빼고 맛있는 배달 음식과 함께한 모임은 전반적으로 화기애애했다. 영조와 현조가 마지막 남은 닭다리 하나를 놓고 티격태격 싸우는 작은 해프닝이 있었지만.

'성격 미남 좋아하시네. 채림이가 저 모습을 봤어야 하는데……'

영조 역시 채림 앞에서는 절대로 보여 줄 리 없는 코찔찔이 시절의 유치한 모습을 우리 앞에서는 맘껏 드러냈다. 두 아들이 닭

다리를 갖고 싸우는 와중에도 수상의 기쁨에 취한 영조 아빠는 핸드폰으로 찍은 대회 영상을 보여 주느라 정신이 없었다. 영상을 재생할 때마다 금메달이 아니어서 아쉽다는 말도 덧붙였다.

"정말 간발의 차로 2등이었네."

몸을 푸는 동작부터 출발과 도착까지 총 1분 남짓의 영상을 본 엄마의 말에 거짓은 없었다. 약간의 생략과 과장이 있었을 뿐. 영조는 5번 레인에서 출발해 1등과 아슬아슬한 차이로 터치 패드를 찍었다. 3, 4, 5, 6번 레인 선수들이 엎치락뒤치락 순위 경쟁을 펼치는 박진감 넘치는 경기였고 아쉬운 은메달도 사실이었다.

"이것도 은메달이라고 봐야 하나?"

영상을 본 은솔이 복화술을 하듯 작게 말했다. 은솔의 말처럼 은메달에 숨겨진 진실을 알기 위해서는 영상 속 영조에게 맞췄던 포커스를 옆으로 확대해야 했다. 영조에 앞서 금메달을 딴 선수는 4번 레인이었고 6번 레인 선수가 동메달이었다. 동메달을 딴 선수 옆 7번 레인은 비어 있었다. 그 옆 8번 레인과 1, 2번 레인에도 사람이 없었다. 영조가 참가한 대회는 거창한 명칭과 다르게 중등부 참가자가 고작 네 명이었고 영조 아빠가 통 크게 주문한 피자와 치킨이 무색할 정도로 네 명 중 세 명이 수상자였으며 영조는 그중 은메달이었다. 참가자 수의 과감한 생략과 메달 획득이라는 과장이 없다면 은메달의 의미를 찾기가 힘들 정도였다.

만약 대회가 끝난 후 굳이 모임을 해야 한다면 3번 레인 선수가 주인공이어야 했다. 참가자 네 명 중 세 명이 수상자인 대회가 무슨 의미가 있겠냐며, 그런 수상에 기죽을 필요 없다고 위로를 하는 모임이어야 했다.

영조도 아주 눈치가 없지는 않았다. 은색으로 도색된 메달을 가져와 한번 깨물어 보라는 아빠에게 영조는 아까 하지 않았냐면서 (세상에 그 짓을 벌써 했단 말이지?) 방으로 피했고, 영조 아빠의 시선으로 스펙터클하게 구성된 대회 참관기를 듣는 우리가 신경 쓰였는지 방으로 들어오라 손짓했다.

교복이 걸려 있는 영조 방에 온 건 처음이었다. 셋 중에서 제일 작았던 영조의 키가 나보다 커지고 목소리도 굵어진 후 영조 집에도 올 일이 거의 없었다. 급하게 정리한 티가 났지만 방은 비교적 깔끔했다.

방을 둘러보는데 침대 위에 놓인 영조 핸드폰에 낯익은 이름이 떴다. 이채림.

발신인을 확인한 영조가 핸드폰을 들더니 황급히 방을 나갔다. 언제부터 일요일에 통화하는 사이가 되었을까? 무슨 얘기를 나누려고? 그게 우리 앞에서 못 할 얘기인가?

"이제 본격적으로 사귀려나 보네. 도대체 우리 반에 공식 커플이 몇 쌍인 거니?"

"한 쌍도 없지. 주혜랑 호진이는 본인들이 아니라고 했고, 내가 볼 땐 영조도 글렀어. 딱 보면 모르겠냐?"

남들 없는 곳에서 둘이서만 전화를 받는 게 연애 아닌가. 그런데 뭐가 글렀다는 거람.

"이채림이었잖아. 누가 좋아하는 여자애를 이름만, 그것도 성까지 붙여서 저장하겠냐?"

몇 번의 경험을 통해 은솔의 '딱 보면' 이론에 대한 신뢰는 바닥 수준이었지만 이 말은 제법 솔깃했다. 주혜도 호진의 번호를 '우주최강 사랑덩어리'로 저장했으니까. 그리고 은솔의 말을 입증하듯 영조는 금방 들어왔다. 채 5분이 걸리지 않은 시간이었다. 주혜와 호진을 보면 1시간은 기본이고 서너 시간 통화도 수시로 하는, 귀가 뜨거운 사이였다. 5분이라면 진짜 용건만 말하는 사이란 뜻일까? 무슨 얘길 했는지 궁금해 죽겠지만 영조한테 물을 수는 없었다.

"뭔데 이렇게 금방 끊었어?"

은솔이 내 마음을 읽은 것처럼 물었다.

"아, 채림이가 필요한 책이 있었는데 그게 현조 방에 있어서 사진 찍어 보내 줬어."

내가 알기로 채림은 도서관도 자주 가는 아이였고 필요하다면 굳이 영조가 아니라 도서관에서 빌렸을 테다. 그러니까 좀 전의 통화도 영조의 목소리를 듣고 싶은 채림의 핑계일 거다. 이를 어쩌나, 채림은 영조에게 아직 급우일 뿐이었다. 여친이 아니라.

"넌 갑자기 왜 웃어?"

채림 생각을 하다 나도 모르게 웃었나 보다. 영조의 질문에 뜨끔했다.

"이것들은 다 뭐냐?"

영조의 관심을 돌리느라 벽에 걸린 타공판을 가리켰다. 타공판에는 딱 봐도 골치 아파 보이는 도표가 프린트 된 A4 용지 몇 장이 붙어 있었다.

"뭐긴 뭐야. 원소 기호잖아."

영조는 과학 쌤이 이번 기말고사에 화학 반응식 낼 거라고 했다면서, 원소 기호 스무 개까지는 무조건 외우고, 뒤에 것도 쌤이 뽑아 준 거 몇 개는 외워야 한다고 말했다. 과학 쌤이 누누이 강조했는데 그걸 벌써 까먹었냐고 다그치는 것까지는 평소의 말투니까 넘어가려고 했다. 그다음에 한 말이 은솔의 심기를 건드렸다.

"야, 채림이는 벌써 오십 개 넘게 외웠더라."

내 마음에도 스크래치가 났다. 내가 못마땅하거나 어색한 상황에서 주눅이 든다면, 은솔은 비슷한 상황에서 툴툴거리며 심통을 부렸다. 특히 만만한 영조와 이선 앞에선 더더욱.

"그래서 어쩌라고? 채림이가 외웠으면 우리도 다 외워야 돼?"

은솔이 양손을 허리춤에 잡고 입바람으로 앞머리를 넘기는 건 한판 붙자는 뜻이었다. 은솔 특유의 자세를 본 영조가 아차 하는 표정이었지만 이미 늦은 뒤였다.

"그럼, 너는 얼마나 아는지 테스트 좀 해 보자."

은솔은 일부러 과학 쌤이 꼭 외우라고 했던 원소 기호 20번 밖의 문제를 냈다.

"47번?"

"은 AG."

망신을 주려고 했는데 영조가 맞혔다. 이 녀석 보게, 설마 채림에게 잘 보이려고 47번까지 외운 거야?

"놀랄 거 없어. 거기 동그라미 표시된 것들도 선생님이 외우라고 했잖아."

정확하게 기억나진 않지만 그런 말을 들은 것도 같다. 정답에 놀란 은솔이 다시 문제를 내려고 하는데 이번엔 영조가 항복하듯이 두 손을 들었다.

"지금 이게 중요한 게 아니야. 해피 실연 클럽에 신입 회원 생겼다고."

은솔은 영조와의 싸움에 백전백승이라고 자부했지만 사실은 이렇게 싸움을 피하는 영조의 고단수에 놀아나는 거였다. 예상대로 은솔이 혀를 끌끌 차며 반응했다.

"신입 회원? 그럴 것 같더라니. 결국 또 찾아왔네."

나도 누군지 알 것 같았다. 며칠 전 주혜와 호진이 교문 밖에서 다투는 걸 은솔과 같이 봤었다. 하지만 해피 실연 클럽 신규 회원은 주혜가 아니라 이선이었다.

김이선? 이선이 누굴 사귄다는 얘길 들은 적이 없는데 어떻게 실연까지 했다는 건지. 알고 보니 채림에게 고백했고 바로 차였다고 한다. 고백은 고맙지만 좋은 친구로 지내자는 뻔한 거절 멘트와 함께.

우리가 그렇게 아니라고 했건만. 원래 착각은 충고보다 힘이 세고, 이선은 사랑 앞에 용감했다. 그러니까 세상엔 믿기 힘들어도 믿어야 하는 것들이 반드시 있다. 랑자 언니가 보내 준 사진처럼.

또 양준모

랑자 언니가 보낸 건 노란 포스트잇을 찍은 사진이었다.

프라하의 하늘도, 건물도, 트램도 다 아름다웠지만 이곳에서 먹은
밥과 찌개가 제일 기억에 남을 것 같아요. 프라하, 또 오고 싶네요.
—au79—

잘못 배달된 택배를 받은 것 같은 기분이었다. 대체 이건 또 뭘
까? 이런 나의 기분을 아는 것처럼 랑자 언니는 친절하게 사진에
대한 설명을 덧붙였다.

이 사진은 그 친구가 보내 준 거야. 나랑 헤어진 후 그 친구는 편
지에 대해 한참을 생각했대. 편지를 보낸 지 벌써 몇 달이나 지

났으니 내용도 가물가물해졌을 테지. 그러다 우연히 저 메모를 보고 편지의 내용이 떠올랐다고 해. 내가 있는 곳도 그렇지만 민박집 공용 거실에는 보통 손님들이 쓴 방명록이나 메모를 붙이는 공간이 있어. 저 글도 거기에 있던 건데 메모가 유독 기억나는 이유는 저걸 썼던 손님이 가족들과 여행 왔던 학생이었고, 우체국 위치를 물어봤기 때문이래. 프라하성이나 하벨 시장 같은 관광지가 아니라 우체국을 묻는 사람은 잘 없거든. 이 단서 하나로 그 학생과 편지를 썼던 진짜 라스카를 동일인으로 본다면 너무 섣부르다 생각하겠지?

그 친구도 그럴 것 같은지 이유가 하나 더 있다면서 알려 줬어. 편지 속에 우체국 근처 트램 정류장 공사 이야기가 있었던 것 같은데 학생이 여행 왔던 여름에 그곳이 공사 중이었다고 해. 그래서 편지를 발견했을 때도 그 친구가 떨어뜨린 게 아닐까 하는 생각이 들어 일부러 한국으로 보내 주었던 거래.

좀 안타까운 건 학생의 외모적 특징은 잘 기억나지 않는대. 그냥 잘생기고 착해 보이는 인상이었다는 정도라고. 그런데 잘생기고 착해 보이면 이미 끝난 거 아닌가? ㅎ 지금까지의 단서로 보면 메모와 편지를 쓴 사람이 동일인으로 보이는데 행자 동생의 생각은 어때?

ps: 메모를 보면 진짜 라스카를 찾을 수 있을까 하는 마음에 사진을 보내. 부디 좋은 결과가 있기를……

강력계 홍 반장도 포기한 라스카에 대한 수사는 한국을 넘어 프라하로 갔고 남 일에 쓸데없이 열심인 2인조 민간인 탐정에 의해 본격적인 조사가 이뤄지고 있었다. 사건의 당사자인 나도 모르는 사이에.

이걸 어떡하지? 아쉬운 결말이었지만 더는 보고 싶지 않았던 드라마의 시즌2가 갑자기 시작된 느낌이었다. 보고 싶은 마음과 안 보고 싶은 마음이 딱 절반으로 나눠진 상태에서 첫 방송이 시작된.

"이 정도면 진짜 라스카를 찾으라는 신의 계시다."

다른 때라면 은솔의 호들갑을 나무랐을 테지만 헨젤과 그레텔이 숲속에 버리고 간 빵 부스러기처럼 라스카에 대한 단서가 계속 등장하자 어쩌면 은솔 말이 맞을 수도 있겠다는 생각이 들었다.

"내가 얘기했지, 도찬이 나온 드라마에서도 새로운 증거가 발견되고 사건을 해결했다고."

은솔은 다시 강력계 홍 반장의 눈빛으로 돌아와 새롭게 알게 된 정보를 하나씩 정리했다.

"일단 편지가 쓰인 시기가 작년 여름이네. 가짜 라스카가 올해

편지를 발견해서 한국으로 보냈고. 그걸 모르고 우리는 계속 겨울 방학에만 꽂혀서 헛발질을 한 거였어.”

그 헛발질을 생각하면 또 울화가 치밀었지만 그보다는 랑자 언니가 보낸 라스카 정보를 업데이트하는 일이 우선이었다.

“제일 중요한 단서는 이거야. 우리가 꼭 라스카를 찾아야 하는 이유이기도 하고. 라스카가 잘생기고 착해 보이는 인상이라잖아.”

은솔은 흐뭇한 웃음을 지었지만 제일 본질적인 의문을 까먹고 있었다. 그런 애는 우리 주변에 없다는 사실을. 일단 내 주위에서 얼쩡거리는 남자들이라고 해 봐야 이영조, 고동환, 김이선 정도인데 셋 다 잘생긴 외모와는 거리가 멀었다. 백마를 타고 십 분 이상 전속력으로 달릴 정도로 멀었다. ‘잘생김’에 가장 가깝다 말할 아이로는 준모밖에 없었지만 그 애는 라스카에서 열외였다.

“잘생겼다는 말은 개인적인 취향이니까 무시해야 하지 않을까?”

내 말에 은솔은 아무리 개인 취향이라 해도 박보검에게 못생겼다는 말을 하는 사람이 없는 것처럼 미남도 암묵적인 사회적 약속이 존재한다고 했다. 미남의 조건에 대해 이러쿵저러쿵 떠들었지만 은솔과 나의 취향은 달라도 너무 달랐다. 혹시라도 한 남자를 사랑해서 우정이 깨질 일은 없을 거란 사실에 감사했지만, 각자 기준으로 생각해도 우리 주변에는 잘생긴 아이가 한 명도 없다는 의견에 둘 다 동의했다. 우리는 빠르게 닉네임으로 추정되는 ‘au79’로 라스카를 찾는 편이 낫겠다고 결론을 내렸다.

"그런데 'au79', 어디서 본 것 같지 않아?"

랑자 언니가 보내 준 사진을 유심히 보던 은솔이 미간을 찌푸리며 물었다.

"사진을 자꾸 들여다보니까 그렇게 느끼는 거지. 보긴 어디서 보냐?"

내 핀잔에도 은솔은 분명 어디선가 봤다고 확신을 거듭했고 집념의 홍 반장 컨셉으로 기어이 찾아냈다.

"믿고 싶지 않겠지만 양준모야."

제일 먼저 라스카 명단에서 지울 아이가 있다면 바로 준모였다. 짜증이 확 일어난 내 표정을 본 은솔이 두 손을 아래로 누르는 시늉을 했다. 화를 가라앉히라는 뜻으로.

"안다고, 나도 네 마음이 어떤지 안다니까. 그런데 홈즈도 그랬잖아. 불필요한 것들을 제외하고 남는 것, 아무리 불가능해도 그것이 진실이라고."

저건 홈즈의 말이기도 했지만 하나에 꽂힐 때마다 급발진하는 은솔을 말리기 위해 내가 자주 썼던 말이기도 했다. 은솔은 준모의 SNS를 보여 줬다.

"시계탑 사진 보이지? 준모가 썩 친절한 SNS 사용자는 아니더라고. 여기도 딱 장소만 찍고 사람은 없잖아. 다른 게시물도 마찬가지고.”

맞는 말이었다. 그 대신 사진에 대한 상황 설명은 해 놓았기에 이해가 어렵지는 않았다. 프라하 천문 시계탑 사진도 누나의 콩쿠르를 겸해서 가족 여행을 했다고 적혀 있었다.

“아이 뭐야, 겨울에 올린 거잖아. 그런데 무슨 라스카라고!”

“들어 보라니까. 글 아래 해시태그로 적혀 있는 콩쿠르 정보를 좀 찾아봤어. 이 콩쿠르가 언제 열렸는지 알아?”

이렇게 묻는 건 확실한 뭔가를 찾았다는 뜻이었다. 은솔이 SNS를 닫고는 초록색 검색창으로 가서 해시태그에 있던 콩쿠르 정보를 찾아 보여 줬다. 세상에, 매해 7월 말 오스트리아 빈에서 열리는 콩쿠르였다. 일단 가짜 라스카가 말한 학생이 여행 왔던 여름하고는 시기가 일치했다. 그런데 준모는 왜 사진을 1월에 올린 걸까?

“양준모가 올린 게시물을 보니까 한 번에 올리더라고. 신경 쓰지 않고 있다가 시간 날 때 몰아서 올리는 것 같아. 나도 알아, 콩쿠르 정보만으로는 아무것도 아니라는 걸. 이것보다 더 확실하게 양준모가 라스카인 이유가 있다니까.”

다시 SNS로 돌아온 은솔이 준모의 또 다른 게시물을 찾았다. 촛불을 밝힌 케이크 사진 하나였다.

“얘는 사람에 대한 애정이 없나? 전부 장소나 사물 사진만 있네.”

“그게 중요한 게 아니야. 여기 봐. 자기 생일이라서 바쁜 큰누나까지 모두 같이 저녁을 먹었다고 써 있잖아. 사진을 올린 날짜는 11월이지만 아래 해시태그를 한번 봐봐. 양준모의 생일이 적혀 있으니까."

#0818. 준모의 생일은 8월 18일이었다. 여름 생일인 게 뭐라고 이리 흥분했을까?

"아직 감이 안 오지? 2010년 8월 18일이 음력으로는 며칠이게?"

양준모의 음력 생일까지 알아야 하나? 굳이?

"7월 9일이라고."

순간 와락 소름이 끼쳤다. 라스카가 보내 준 메모 속에 등장하는 숫자는 79. 닉네임을 만들 때 생일을 넣어서 만드는 것도 흔한 방법이었다.

"이것 봐, 놀랐지? 이제 양준모가 라스카인 게 믿어지시나?"

강력계 홍 반장이 이번엔 크게 한 건 했다. 은솔은 수시로 친구들의 SNS를 보기에 메모지에 적힌 'au79'가 낯설지 않았던 거라고 했다. 준모가 라스카라는 사실에 전 재산을 걸겠다는 은솔을 말리며 천천히 의문점을 얘기했다.

"SNS에는 음력 생일이 나와 있지도 않은데 어떻게 낯설지 않게 여겨졌다는 거야?"

"라스카가 잘생겼다며? 우리 주변에 사회적 미남이라고는 준모 하나밖에 없잖아. 그러다 준모 생일이 여름이란 걸 보고 혹시나 싶어서 음력으로 바꿔 봤던 거지."

여기까지는 인정. 그런데 79란 숫자 앞에 나오는 영어는 아무리 봐도 맞춰지지 않았다.

"79는 7월 9일이라 치는데 그럼 'au'는 뭐야? 양준모를 영어로 만들어도 스펠링이 안 맞는데."

문제 제기에도 은솔은 팔짱을 끼며 여유를 부렸다.

"날짜를 말해 줘도 눈치를 못 채네. 음력 7월 9일이 양력으로 8월 18일이라니까. 8월 영어 철자를 생각해 보라고."

은솔은 검색창에 au 두 글자만 쳐도 자동 완성형 검색어로 '어거스트'가 뜬다면서 직접 보여 줬다. 은솔의 말이 맞았다. 그럼, 준모는 양력의 달과 음력 날짜를 이용해서 닉네임을 만든 건가? 약간 억지스러운 것 같았지만 범인 검거에 성공한 표정을 짓는 은솔 때문에 그 말을 할 수는 없었다.

"이제 라스카가 양준모라는 걸 인정할 수밖에 없지?"

딱히 시빗거리를 잡을 건 없었다. 하지만 준모가 라스카라는 사실이 가장 마음에 걸렸다.

쪽팔리면 좀 어때?

오랜만에 해피 실연 클럽이 열렸다. 장소는 이선의 집 근처 뼈다귀감자탕 가게였다.

"여긴 또 뭐냐? 뼛속에 감춰진 살을 발라 먹는 것처럼 숨겨진 기억까지 다 찾아내 잊으라는 뜻이야?"

감자탕집에서 모임이 열린 건 처음이었다. 메뉴가 마음에 안 드는지 주혜가 얼굴을 찌푸렸다. 알콩이, 달콩이로 이름을 바꿔야 될 것 같은 호진도 주혜와 같이 왔다.

"아니지, 고백을 거절한 걸 채림이 뼛속 깊이 반성하게 될 거라는 암시가 담긴 메뉴 아니겠어?"

주혜와 호진이는 이제 호흡이 좋은 개그맨 커플 같았다.

"뭘 그렇게 거창한 뜻까지. 그냥 이선이가 제일 좋아하는 메뉴야."

기말고사 준비 때문에 바쁘다는 영조도 절친 이선의 실연 극복을 위해 기꺼이 참석했고 동환은 한 여자를 향한 고백과 실연 선배로서 자리를 같이 했다. 가만 보니 해피 실연 클럽의 세 남자는 알게 모르게 전부 채림과 관계가 깊었다. 도대체 채림이가 뭐라고!

뭐, 얼굴이 나쁘진 않았다. 키도 나보다 컸다. 당연히 성적도 좋았다. 생각해 보니 말투도 상냥했다. 객관적으로도 주관적으로도 나보다는 훨씬 괜찮은 아이였다. 과학 선생님 말처럼 채림은 태양이고 별일지도 몰랐다. 그 생각을 하자 괜히 짜증이 나서 냄비 속 제일 큰 뼈다귀를 가져와 손에 들고 뜯었다.

"참 추접스럽게도 먹는다. 입가의 조커 분장은 웃기려고 그런 거지?"

도미래 열받게 하기 전문가 영조가 또 딴지를 걸었다. 영조가 건네준 휴지로 입을 닦았더니 붉은 기름기가 묻어 나왔다. 매너 있게 슬그머니 주면 될 것을 꼭 저렇게 밉살스럽게 말을 해야 할까?

"얘네 둘은 이렇게 안 맞으면서 어떻게 그 오랜 시간 친구로 지냈나 몰라."

나도 그게 의문이었다. 우리 둘을 보면서 고개를 절레절레 젓던 이선은 뼈다귀를 들고 알뜰하게 살을 발라 먹었다. 저 정도 식욕이면 걱정하지 않아도 될 것 같다. 실연 전문가 은솔에 따르면 실연의 상처와 식욕은 반비례라고 했으니까. 물론 스트레스를 받을 때 폭식한다는 동환의 의견을 은솔이 편향적으로 무시한 결과였기에 딱히 믿을 수는 없었지만.

그럼에도 고작 떡볶이와 마라탕을 먹는다고 '실연 테라피' 코스를 우습게 보면 큰코다칠 일이었다. 혀가 얼얼할 정도로 매운 것을 먹으며 땀을 쫙 빼고 나면 배는 든든하고 마음은 가벼워진다는 의뢰인들의 증언이 줄을 이었으니까. '줄을 이었다'는 건 철저히 은솔의 시각이어서 내가 본 건 주혜와 동환 정도였지만. 특히 매운맛을 싫어함에도 회원들의 다수 의견에 따라 마라탕집에서 모임을 가졌던 주혜는 밤새 화장실을 들락거리면서 눈물이 터지도록 아픈 상처도, 밤잠을 못 이루게 한 심각한 고민도 결국은 장을 비워 내는 것처럼 시간이 지나야 해결되는 문제라는 뜻밖의 깨달음을 얻었다고 했다.

"넌 무슨 배짱으로 채림이한테 고백을 한 거야? 나 차이는 것 봤으면서."

실연 상태도 아니면서 식탐에선 타의 추종을 불허하는 동환은 코 박고 뼈를 뜯느라 습기가 차서 안경이 뿌옜다. 이런 모습을 볼 때마다 좋은 성격과는 별개로 동환이 라스카가 아니라서 다행이라는 생각만 들었다.

채림이 자신을 신경 쓰고 있는 것 같다는 이선의 착각을 더 단단하게 만든 건 수학 시간에 본 쪽지 시험이었다. 채림이 채점을 끝낸 시험지를 아이들에게 나눠 주다 이선 것만 슬그머니 자신의 책상 서랍에 집어넣었는데 마침 그 장면이 이선의 눈에 딱 걸렸고 이선은 그걸 시그널로 여겼단다. 자신의 흔적이 남은 물건을 간직하려는 행동이 아닐까 오해하면서.

"무슨 시그널? 네 점수가 제일 낮았다며."

은솔은 이 부분에서 가슴을 쳤다. 20점짜리 시험지를 간직할 여자가 세상에 어디 있겠냐면서. 그건 사실이었다. 유독 낮은 점수의 시험지를 애들 앞에서 나눠 주기 눈치 보였던 채림의 배려였던 것이다.

동환의 한마디에 이선이 뜯어 먹던 뼈를 내려놓았다.

"네가 차인 거랑 내가 고백하는 거랑 무슨 상관인데. 그리고 좋아해서 고백하는 게 무슨 문제라고. 고백하는 건 내 일이고, 거절하는 건 채림이 일이지."

당당하게 말했지만 이선이 며칠 마음 고생했다는 얘기를 영조에게 이미 들은 뒤였기에 괜한 허세처럼 느껴져 더 짠했다.

"차였다는 소문나면 쪽팔리니까 그렇지."

동환도 이선을 비난하기 위해서 한 말은 아니었다. 실연 선배로서 안타까움을 표현했을 뿐.

"그럼 받아 줄 사람에게만 고백해야 해? 그게 가능한 일이야? 그리고 쪽팔리면 좀 어때?"

쪽팔리면 좀 어떠냐는 말이 쿵, 하고 다가왔다. 이선의 말대로 좋아해서 고백하는 게 잘못은 아니다. 거절당해 쪽팔린 것도 벌이 아니었다. 그런데 나는 왜 그렇게 감추고 숨기려고만 했을까? 잘못도 아니고, 벌도 아니었는데…….

이선은 이 모임이 그냥 장난치고 떠들어서 좋았는데 자신이 여러 번 차여 보니까 해피 실연 클럽의 존재가 꼭 필요하다는 생각이 강하게 들었다고 한다.

"은솔이가 처음에 실연도 해피하게 할 수 있다고 말했을 때 무슨 헛소리를 하는 건가 싶었어. 그런데 한번 생각해 봐. 거절당했다고 좋아하는 마음이 없어지지는 않잖아. 실연도 해피할 수 있는 건 그 마음의 소중함을 알아주고 지지하겠다는 뜻이잖아. 그래서 나도 당당히 위로받고 싶었던 거야."

잠깐의 진지함도 못 견뎌 하는 이선이 머리를 긁적이더니 어른들이 이럴 때 쓴 소주를 들이키는 것처럼 우리도 사이다로 건배하자며 제안했다. 그 와중에 제로사이다를 주문하는 주혜와 그 모습을 사랑스럽게 바라보는 호진이는 세트로 눈꼴사나웠다.

"진심 궁금한데 너희 둘은 여기 왜 왔냐? 이선이 놀리고 싶어서 온 거야?"

참다못한 영조가 한 소리 하자 주혜가 호진과 자신은 중요한 공지가 있으니 빠지면 안 된다는 은솔의 협박 때문에 온 거라고 말했다.

중요한 공지? 영조가 뭐 아냐는 표정으로 나를 쳐다봤지만 나도 모르는 내용이었다.

아이들이 떠드는 동안 한마디도 안 하고 있던 은솔이 꽉 잠긴 목소리로 뱉은 말은 모두를 놀라게 했다.

"해피 실연 클럽은 오늘을 마지막으로 문을 닫으려 해."

술렁거리던 아이들 틈에서 제일 먼저 발끈한 사람은 나였다.

"뭐야? 그런 게 어딨어?"

누가 봐도 해피 실연 클럽과 제일 거리가 먼 걸로 보이는 내 입에서 그런 말이 나갈 거라곤 나조차도 생각 못 했기에 휘둥그레진 아이들보다 내가 더 놀랐다. 내 반응이 뜻밖이었는지 은솔도 눈이 커졌지만 이내 침착함을 되찾고 차분하게 설명했다.

"아까 이선이 실연도 해피할 수 있다는 걸 믿게 됐다고 했는데…… 미안하지만 이제 내가 못 믿을 것 같아."

은솔은 해피 실연 클럽의 기본 생각에 반하면서 모임을 계속할 수는 없다고, 그동안 함께해 줘서 고맙다는 말을 전했다. 엄마 아빠의 일을 겪으며 연애 세포가 다 죽어 사포자가 된 것 같다더니 결국……. 사랑을 믿지 못한다고 할 때마다 사랑을 포기하면 안 된다고 말렸던 사람이 은솔이었다. 천진난만 씩씩했던 은솔이 이렇게 된 게 꼭 내 탓만 같았다.

"갑자기 왜 이러는 건데? 무슨 일 있어?"

침울한 분위기 속에서 이선이 물었고 동환이 이선의 옆구리를 푹 찔렀다. 분위기 파악하고 가만히 있으라는 뜻으로 했으면 정도껏 할 일이지, 누가 봐도 알 정도로 세게 찔렀고 가뜩이나 엄살이 심한 이선이 비명을 질렀다. 악, 아파!

환장의 콤비 두 녀석 때문에 결국 은솔도 어이없다는 듯 웃고 말았다.

"제안 하나 해도 될까? 이렇게 마지막인 건 아무래도 좀 아쉬워서 말이야."

주혜는 본관 뒤편 화단에 있는 단풍나무 아래 호진과의 추억을 담은 타임캡슐을 심었다면서, 해피 실연 클럽도 그런 걸 하면 어떻겠냐고 물었다. 실연을 굳이 기념해야 하냐고 남자애들이 펄쩍 뛸 거라 생각했는데……

"난 하고 싶어. 타임캡슐에 넣고 싶은 게 있어."

가장 신상 '실연'을 겪은 이선이 적극적으로 찬성하고 같이하자고 부추기자 딱히 넣을 게 없다고 툴툴거렸던 녀석들도 일단 하기로 정했다.

"근데 너희 둘은 거기에 뭐 넣었어?"

모임의 해체 소식에도 감자탕 국물에 볶음밥까지 다 먹은 동환이 호진에게 묻자 주혜가 둘만의 비밀을 이렇게 대놓고 물어보는 비매너는 처음 본다면서 노코멘트라고 대답했다.

타임캡슐 행사: 실연 박물관1

'실연 박물관'이란 이름을 붙인 타임캡슐에 들어갈 기념품은 정말 가지가지였다.

동환이 쿠키가 들어 있던 철제 틴케이스를 가져와 타임캡슐로 사용하자며 거기에 들어갈 수 있는 물건으로 크기를 한정했건만, 아이들이 가져온 건 크기와 부피는 물론 종류까지 그 자신처럼 자유분방하기가 이를 데 없었다.

기념품에 대한 사연 공개도 각자 알아서 하기로 했는데 회장 은솔이 들고 온 건 군이 설명이 필요없었다. 은솔은 해피 실연 클럽 때마다 핸드폰으로 찍은 사진을 몇 장 뽑아 가져왔다. 모임의 이름답게 실연 당사자들까지 모두 환하게 웃는 모습을 보고 있자니 추억이 새록새록 떠올랐다. 그 외 은솔이 가져온 건 내용물이 그대로인 껌과 납작하게 접힌 빈 우유갑 정도였다. 분명 누군가 아무 생각 없이 은솔에게 건넨 물건일 터였다. 이렇게 작은 호의에도 플러팅을 의심하며 설레 하던 은솔이 변했다고 생각하면 마음이 너무 아팠다.

"야, 이렇게 부피가 큰 걸 가져오면 어떡해!"

동환은 이선이 들고 온 커다란 검정 비닐봉지를 보고 짜증부터 냈다.

"걱정 마. 누르면 확 줄어들어."

이선은 봉투 안에 든 것이 채림에게 차인 후 코 풀 때 쓴 휴지라고 말했고 못 볼 꼴을 본 것처럼 인상을 구긴 주혜가 왜 쓰레기를 가져왔냐고 소리를 질렀다. 실연 직후 스트레스로 인해 코감기에 걸렸다는 건 이선이 떠들고 다녀서 알고 있었지만……. 코가 헐도록 코를 풀었던 휴지까지 모아 놓은 줄은 진짜 몰랐다.

"쓰레기라니! 얘가 말이 심하네. 고백에 대한 나의 성찰이 담긴 물건이라고."

고백이 자유라고 말은 했지만 자신에게 거절의 말을 한 후 채림이 힘들어하는 걸 보니 고백도 함부로 하면 안 되겠다는 생각이 들었다면서, 휴지도 그런 각성의 의미로 챙겨 왔다고 대답했다.

공교롭게 이선의 고백을 거절한 직후 채림이 몸살에 걸렸는데, 이선은 그걸 또 자기식으로 해석했다. 이선을 보면 착각도 힘이 된다는 생각이 들었다.

'고백 폭행범'이란 별명답게 최다 실연 횟수를 자랑하는 이선이 가져온 것들은 종이학, 올이 나간 털장갑, 크리스마스 카드, 초콜릿 포장지, 옷핀 등이었다. 길에 놔둬도 누구 하나 주워 가지 않을 것들이었지만 이선은 촉촉한 눈빛으로 전 여친들에게 받았다며 하나씩 구구절절한 사연을 말하려 들었다.

"이 옷핀은 재작년 같은 반이었던……."

수요 없는 공급을 막기 위해 동환이 급하게 이선의 입을 틀어막았다. 애초에 '전 여친들'이란 단어부터 신뢰가 가지 않았다.

동환이 가져온 것은 체중계 사진이었다. 실연 후 폭식으로 살이 5킬로그램 졌을 때 찍은 건데 우리에게 숫자를 공개할 수는 없다며 LED 화면 부분을 포스트잇으로 가려 놓았다. 동환이 가져온 또 다른 기념품은 구형 핸드폰이었다. 굳이 말하지 않아도 얼마나 많은 사연이 담겼을지 고개를 끄덕이게 됐다.

자기 차례가 되자 영조는 오른쪽 주먹을 앞으로 쭉 내밀었다. 싸우자는 거야, 뭐야? 싫었는데 주먹을 풀자 손바닥 위에 작은 물건이 보였다. 미니어처 병이 달린 키링이었다.

"어머, 귀엽다. 그런데 병 안에 왜 아무것도 없어?"

코 푼 휴지와 체중계 사진보다 훨씬 고급스러운 기념품의 등장에 아이들의 관심이 쏠렸다.

"원래는 물이 들어 있었는데 다 말랐어."

"혹시 바닷물? 왜 유리병에 담긴 편지가 파도에 쓸려 왔다는 뉴스도 있잖아. 뭐 그런 사연이야?"

주혜는 로맨틱 영화의 한 장면을 상상하는지 눈이 가늘어졌다. 그런 주혜를 바라보는 호진 역시 눈이 반달이 됐고.

"저렇게 조그만 병에 편지가 들어가겠냐? 말이 되는 소릴 해라."

이선의 딴지에 주혜 얼굴이 빨개지자 호진에 은솔까지 합세해 너는 '상징'이 뭔지도 모르냐면서 이선을 윽박질렀다. 아, 사랑은 절대적인 내 편이 한 명 생기는 거구나. 호진과 주혜를 보면 사포자를 포기하고 싶어졌다. 부디 오래오래 사랑해서 나 같은 사포자가 안 생기게 만들어 주기를.

"네가 말해 봐. 얘네들 말처럼 그런 상징이 있는 물건이야?"

이선이 씩씩거리면서 물었지만 영조는 사연을 노코멘트 하겠다고 대답했다.

"노코멘트라고 하니까 더 궁금하잖아. 뭔데?"

영조는 더 이상 말할 생각이 없다는 듯 고개를 흔들면서 키링을 타임캡슐 안에 넣었다. 영조의 단호한 태도에 쩝 소리를 낸 은솔이 뭐 아는 것 있냐며 나를 봤지만 나는 할 말이 없었다. 몰라서가 아니라 너무 잘 알고 있기에.

미니어처 병에 들어 있던 건 수영장의 물이었다. 소독약품 냄새가 나던 다람쥐 수영장의 물. 영조마저 노코멘트 한 기념품에 대해 잘 아는 이유는 키링을 준 사람이 바로 열두 살의 도미래였기 때문이다.

은솔이 이사 가고 6개월이 지나도록 나는 마음을 털어놓을 친구를 사귀지 못했다. 학교가 끝난 후 개는 성격이 왜 그렇게 이상하냐며 말 새어 나갈 걱정 없이 흉을 보고, 수영이 끝난 후에는 물에 젖어 이마에 찰싹 붙은 앞머리를 신경 쓰지 않고 라면을 같이 먹을 수 있는, 딱 은솔 같은 친구가 너무 그리웠다.

LED 등 아래서 우리 삼총사 절대로 헤어지지 말자는 눈물의 맹세를 한 지 얼마나 됐다고 은솔의 연락은 점점 뜸해지고 있었다. 전화를 해도 안 받는 때가 많았고 분명 부재중 전화가 찍혀 있을 텐데도 며칠이나 지난 뒤에야 무슨 일이냐며 전화를 걸어 왔다. 언제는 우리가 무슨 일이 있어 전화를 했던가. 어렵게 통화를 해도 공통의 화제가 없으니 몇 마디 하면 금세 할 말이 떨어졌다. 내 SNS 프로필이 여전히 은솔과 찍은 네 컷 사진이라면 은솔의 프사는 새로 사귄 친구들이랑 찍은 걸로 진즉에 바뀌었다.

그날은 은솔에게 서운했던 마음이 폭발하고 말았다. 생일날 은솔의 전화를 하루 종일 기다렸는데 밤늦게 생일 축하한다는 인사와 모바일 선물 하나만 오고는 끝이었다. 평소 갖고 싶던 립밤을 선물 받았지만 하나도 기쁘지 않았다.

다음 날 수영을 하는데 와락 눈물이 터졌다. 수경 안으로 고인 눈물과 가쁜 호흡에 수영을 하기 힘들었다. 몸이 아프다는 핑계로 수영장을 빠져나와 근처 분식집으로 들어갔다. 수영 후 급하게 밀

려온 허기와 '은솔 금단 증상'의 하나인 식탐으로 라면과 폭탄주 먹밥을 허겁지겁 먹고 있는데 어느새 영조가 앞에 앉아 있었다.

"그거 갖고 되겠냐?"

영조는 떡볶이와 튀김만두까지 시키더니 편의점에서 사 온 초코파이도 하나 내밀었다. 하루 늦었지만 생일 축하한다면서. 갑자기 뭉클하고 울컥한 감정이 치밀어 올랐다.

은솔도 안 해 준 생일 축하를 영조가 해 주다니……. 생각해 보면 영조는 언제나 옆에 있었다. 전 해에도, 그 전전 해에도, 그 전전전 해에도 내 생일을 축하하는 자리엔 은솔이 있었고 은솔 옆에 영조도 같이 있었다. 수경, 수모, 샴푸, 오리발…… 그날도 내 수영 가방에는 영조에게 받은 선물이 들어 있었다. 그 당연한 사실을 이제야 깨닫다니. 오다 주웠다는 식으로 쓱 건넨, 촛불도 없는 초코파이가 전날 아빠가 사 온 수제케이크보다 훨씬 더 맛있었다.

유레카! 말도 제대로 못 했던 꼬맹이 영조의 재발견은 열두 살 내 인생의 오리발이 됐다. 영조를 생각하면 25미터 레인을 숨도 안 쉬고 수영하는 것처럼 시간이 획획 지나갔다. 성장기라지만 먹어도 너무 먹는다는 영조 아줌마의 걱정처럼 볼록 나온 배도, 5부 수영복 아래 보이는 오동통한 종아리도, 오리발을 끼고 뒤뚱뒤뚱 걷는 모습까지 영조의 모든 모습이 한없이 귀엽고 사랑스러웠다.

수영장에서 영조를 훔쳐보고 있으면 어느새 강습이 끝나 있었다. 열흘 이상 은솔의 연락이 없어도 서운하지 않았다. 영조와 같은 반인 게 무지무지 좋았고 영조를 만난다는 생각만으로 학교 가는 길이 즐거웠다.

"우리 딸, 무슨 좋은 일 있어? 요즘 아침마다 콧노래를 부르네."

아빠가 의미심장한 웃음을 띠면서 물은 날, 비로소 알게 됐다. 내가 영조를 사랑하고 있다는 사실을. 영조가 좋고, 자꾸 보고 싶고, 오래 같이 있고 싶은데 그다음은 어떻게 해야 할지 알 수 없었다.

> 은솔아, 자?

결국 늦은 밤 은솔에게 SOS를 보냈다.

> 내 친구가 좋아하는 남자애가 생겼어
> 그 애가 좋은데 어떻게 해야 할지를 몰라 고민이 많대

지금이라면 홍 반장의 눈썰미로 이거 혹시 네 얘기 아니냐며 꼬치꼬치 따질 테지만 열두 살의 은솔은 눈치가 없었다. 아니면 새 친구에게 빠져 있느라 내게 관심이 없었거나.

> 웬 고민? 고백하라 해

   은솔의 답은 그게 끝이었지만 내겐 수영 강습 첫날 잡은 킥판과 같이 느껴졌다. 흔들리는 물속에서 내 온몸을 지탱해 주었던 믿음직한 존재 같은.

   이틀 뒤 문구점에서 산 키링과 하트가 튀어나오는 입체 카드를 주면서 떨리는 목소리로 진심을 다해 영조에게 고백했고, 그 자리에서 바로 차였다. 비참하고 쪽팔리게.

타임캡슐 행사: 실연 박물관 2

"못 들었어. 아니, 안 듣고 싶어."

불쾌한 말이라도 들은 것처럼 얼굴이 벌게지더니 영조가 뒤돌아서 뛰어갔다. 100미터 기록 16초인 애가 팔까지 휘저으며 열심히 달려갔다. 최대한 내게서 빨리 멀어지려고 발버둥을 치는 모습 같았다.

겨울바람이 앙상한 나뭇가지를 흔드는 아파트 화단 벤치에서 한참을 앉아 있었다. 너무 순식간에 지나가서 무슨 일이 벌어졌는지 와닿지 않았다. 좀 전에 영조가 내 앞에 있었다는 사실도 믿기지 않았다. 추위에 손이 곱아 감각이 무뎌졌을 때에야 내가 뭘 그리 잘못했나 싶어 기억을 돌이켰다.

"이거 받아. 특별한 의미가 담긴 내 선물이야."

"특별한 의미?"

영조는 얼떨떨한 얼굴이었지만 포장된 선물을 받아 들었다. 선물을 받기에 내 마음도 같이 받겠다는 뜻으로 알아들었다. 그래서 쑥스러움을 접고 처음 만났을 때부터 좋은 친구였지만 이제는 다른 의미로 만나고 싶다는 뜻을 전했다.

"세상 여러 곳을 여행하는 세계 시민을 꿈꿨지만 이제 내겐 다른 꿈이 하나 더 생겼어. 나는 네 여자 친구가 되고 싶어."

아무리 생각해도 내가 잘못한 건 없었다. 그랬는데 영조는 왜 그렇게 도망갔을까. 창피하고 분한 마음에 눈물이 주룩 흐를 때에야 '왜'에 대한 정답을 찾았다. 영조는 내가 싫은 거였다. 백번 양보해서 내가 싫을 수도 있다. 그러면 싫다고 말을 해야지 저렇게 도망가는 건 진짜 아니었다. 비겁한 행동이었고 용서 못 할 짓이었다.

나는 다음 날부터 수영장에 나가지 않았다. 학교와 아파트에서 영조와 마주쳐도 말 한마디 나누지 않았다. 싸늘하게 변한 내가 거슬렸는지, 아니면 자신의 행동이 부끄러웠는지 며칠이 지난 뒤 영조가 문자 하나를 보냈다.

미안해

영조는 진짜로 내게 미안해야 했다. 내 인생의 중요한 순간마다 불쾌한 얼굴로 도망치던 영조 모습이 떠올랐고 가장 가까웠던 친구에게도 배척당한 애가 누구에겐들 사랑받을 수 있겠냐는 열패감에 시달렸다. 그날 영조가 한 행동은 김 서린 수경과 같았다. 50미터 레인을 가야 하는데 불과 3미터 앞도 안 보이는 막막한 상황을 만드는 내 인생의 장애물이었다.

사실 아빠 이전에 내가 '사포자'가 된 첫 번째 이유는 영조였다. 내 첫사랑을 망친, 나에게 지울 수 없는 상처를 남긴 영조를 용서할 수 없었고 아무런 답장도 보내지 않았다.

그 뒤로 1년 넘게 영조와는 모르는 사이처럼, 아니 모르는 사이보다 더 먼 관계로 지냈다. 중학교 올라오고 은솔이 다시 이사 온 뒤 어쩔 수 없이 말을 트게 됐지만 마음 깊은 곳에는 영조에 대한 원망과 미움이 켜켜이 쌓여 있었다. 은솔에게도 말할 수 없는 뿌리 깊은 상처와 함께.

그런데 저 녀석, 왜 실연 박물관에 키링을 넣는 거람. 아니, 그날 질색하며 도망갔으면서 아직까지 키링을 갖고 있는 건 무슨 뜻이람.

"실연의 상처와 관련된 것만 넣기로 했잖아. 저것도 그런 거야? 노코멘트라지만 이건 말해 줄 수 있지?"

안 물어볼 수 없었다. 그날의 고백으로 인한 상처는 오로지 나만의 것이었으니까.

"누굴 사귄 적도 없고 고백한 적도 없다면서 무슨 물건이 있다는 거야?"

이선도 다그쳐 물었다.

"고백을 받아도 상처가 될 수 있어. 암튼 실연의 상처랑 관련 깊은 거야."

"딱 봐도 거짓말이네. 그냥 모태 솔로 부끄러워서 아무거나 넣었다고 해. 모태 솔로도 상처는 상처니까 인정한다."

이선이 너스레를 떠는 동안 영조가 나를 보며 씨익 웃었다. 영조를 보는데 소름이 쫙 끼쳤다. 뭐, 고백을 받아도 상처가 될 수 있다고? 그래, 싫어하는 애한테 고백받아서 엄청 상처 입었구나. 그걸 몰라 줘서 정말 미안하다. 하지만 네 상처보다 내 상처가 더 크거든. 나는 그날 일만 떠올리면 아직도 치가 떨리니까 말이야.

내 굳어진 표정을 눈치 못 챘는지 동환이 어깨를 툭 쳤다.

"마지막은 도미래. 너도 영조처럼 투명한 모태 솔로 아니냐? 뭘 넣을 게 있어?"

"고동환, 네가 나의 복잡한 사생활에 대해 알아?"

아이들은 비웃었지만 내 대답에 거짓은 없었다. 이 중에 누가 프라하에서 러브레터를 받아 봤을까.

"복잡한 사생활? 얘도 영조랑 똑같이 사기 치네. 그래, 기억 조작, 아니 상처 조작도 인정!"

나는 포장지로 감싼 라스카의 편지를 실연 박물관에 넣었다. 내 말을 믿지 못한 동환이 편지를 확인하자 했지만 믿기 싫으면 관두라고 하면서 거절했다. 영조도 의심 가득한 표정이었다. 못 믿겠지만 나는 진짜란다. 깜짝 놀랄 만큼 멀리서 날아온 고백에 잠시 들뜨기도 했지만 이제 더 이상은 그 라스카에 미련을 두지 않기로 했으니 명백한 실연이었다.

생각해 보니 고백을 받아도 상처가 될 수 있다는 영조의 말이 아주 틀리진 않았다. 준모가 라스카라는 걸 알고 실망했고 조금은 상처받았으니까.

"그래도 첫 연애편지인데 기념으로 간직하는 게 좋지 않겠어? 양준모도 편지를 쓸 때는 진심이었을 거야."

은솔은 실연 박물관에 라스카의 편지를 넣는 것에 반대했다. 글에는 감정이 드러나는데 라스카의 편지엔 사랑만이 담겨 있다면서. 그건 나도 충분히 느끼는 바였다. 편지 속에는 나에 대한 지극한 애정이 숨겨져 있었고 그래서 라스카의 고백이 기뻤다. 하지만 그때는 진심이었을지 몰라도 지금 준모의 마음에는 내가 아니라 유주가 있을 뿐이다.

"근데 말이야, 준모는 왜 편지를 쓰다 말았을까. 너까지 이용하면서 유주한테 직진하는 성격을 보면 보냈어야 맞잖아. 아니, 그것보다 더 이상한 점은 한때 좋아했던 여자를 그런 식으로 이용할 수 있냐는 거야."

이미 끝난 사건에 미련을 갖는 형사처럼 은솔은 의문이 가득한 표정이었다. 자신의 손으로 직접 범인을 잡아넣었음에도 불구하고. 은솔이 로맨스 드라마에 특화되어 있다면 나는 범죄 스릴러에 강점이 있었다. 물론 드라마나 영화 속에선 미심쩍은 범인이 잡힌 후 반드시 진범이 나타났다. 하지만 현실은 현실일 뿐이었다.

"하나도 안 친한데 그런 편지를 보내 봐라. 얼마나 뻘쭘한 상황이 생기겠니? 머리 좋은 녀석이라 그런 생각까지 했을 거야. 그리고 나를 이용했던 건……."

그건 아무래도 설명이 안 됐다.

"말이 안 되는 게 사랑이라며? 준모도 사랑에 눈이 멀었나 보지."

학교도 다르고, 성향도 다르고, 도대체 맞는 구석이 하나도 없어 보이지만 준모는 유주를 좋아했다. 사랑은 정말 논리정연한 설명이 불가능한 영역이었다.

"그건 그렇다 치고. 다시 한번 고민해 봐. 양준모한테 편지 받고 싶어 하는 여자애들이 적어도 수십 명은 될걸."

그 수십 명 속에 끼고 싶은 마음은 눈꼽만큼도 없었다. 퉁, 편지가 상자 속으로 떨어졌다. 안녕, 나의 두 번째 설렘아.

반전

실연 박물관 의식을 치룬 그날 밤, 은솔이 의문의 상자 하나를 들고 집으로 왔다. 타임캡슐에 넣을 것을 찾느라 옷장을 뒤지다가 내가 주인인 물건을 발견했다면서. 모서리가 구겨지긴 했지만 상자는 테이프도 뜯지 않은 상태였다.

"영조가 맡겼던 거야. 진즉에 너한테 줬어야 했는데 너무 늦었다."

영조가 나한테 줄 게 뭐가 있을까. 상자를 뜯었는데 잘츠부르크, 빈, 프라하의 도시별 마그넷이 나왔다.

"이 자식 좀 보게. 치사하게 나보다 네 걸 더 많이 산 거 같은데."

이게 도대체 뭐냐고 물으려는데 은솔이 마그넷 숫자를 세면서 툴툴거렸다. 아마 은솔도 같은 물건을 받은 모양이었다. 내 어리둥절한 표정을 본 은솔이 그제야 선물의 정체를 설명했다. 영조의 유럽 여행 기념품이라고.

"유럽 여행?"

"아, 너는 몰랐겠구나. 아빠 사고 났을 때라서."

영조네 가족들이 해외여행을 가게 된 시기는 하필 아빠가 사고로 입원했을 때와 겹쳤고 여행에서 돌아왔을 때는 아빠의 장례기간이었다. 가족 여행을 갔던 사실도 말할 수 없었고 기념품을 줄 틈 역시 없었단다. 은솔도 영조의 입단속으로 한번도 내 앞에서 그런 말을 하지 않아서 전혀 모르고 있었다.

"그럼 나중에 직접 주면 되지. 왜 너한테 맡겼대?"

나랑 둘이서는 만나기도 싫단 뜻인가? 지질한 자식 같으니라고.

"나도 그러라고 했지. 그랬는데 괜히 미안해서 어쩔 줄 모르더라고. 너, 모르지? 영조가 생각보다 눈물이 많아. 아저씨 돌아가셨을 때도 나보다 더 많이 울었어. 아마 너 보면 눈물 터질까 봐 나한테 맡겼을 거야."

은솔은 그 즈음 영조가 나한테 많이 미안해했다고 말했다. 영조는 내 꿈이 세계여행이라는 걸 너무 잘 알고 있었고, 그래서 자기가 선물을 주면 눈치 없고 말주변도 없어서 분위기만 험악하게만들 거라며 적당할 때 나에게 주라고 했다며. 그걸 까맣게 잊어서 지금에야 준다고.

말은 그렇게 했을지 몰라도 영조가 아주 눈치 없지는 않았다. 영조는 내가 중2 겨울 방학 때 아빠와 함께 세계 시민의 첫발자국을 떼기로 했던 약속을 알고 있었다. 만약 그때 선물을 받았다면 영조 짐작대로 험한 욕설 내지는 싸다구 정도는 퍼부어 주었을지도 모르겠다. 아빠에 대한 배신감으로 누구라도 하나만 걸리면 물어뜯고 쥐어뜯어 주리라 벼르고 있던 차였으니까. 내가 꿈꾸는 세계 여행을 먼저 했다는 사실만으로도 영조를 미워할 이유는 충분했다.

손에 들린 프라하 마그넷을 보고 있는데 기분이 묘했다. 아빠의 사고가 났을 때라면 작년 여름이었다. 그래서 영조는 아무 말도 안 했던 건가? 나를 배려해서? 아니면 나랑 어색해서?

"어, 여기 엽서도 있다. 나 읽어도 돼?"

우리 사이에 비밀은 없다고 손가락을 걸었지만 나는 알폰스 무하 그림이 그려진 엽서를 은솔의 손에서 잽싸게 빼앗았다.

"뭐야! 나 읽으면 안 돼? 둘 사이에 내가 모르는 뭐가 있는 거야?"

은솔은 서운한 기색을 숨기지 않았다.

"있긴 뭐가 있어. 영조랑 한참 앙숙이었잖아, 혹시 욕이라도 써 놨을까 봐 걱정돼서 그러지."

핑계로 둘러댔는데 은솔이 씁쓸한 표정으로 자신이 없는 동안 왜 그렇게 사이가 나빠졌냐고 되물었다. 은솔에게 또 미안하지만 사실을 말할 수는 없었고 모르겠다는 뜻으로 어깨를 으쓱해 버렸다.

"하긴 엉킨 실타래의 처음을 알아내는 게 뭐가 중요하겠냐. 그실을 풀어서 다시 감거나 다른 걸 만드는 게 더 중요하겠지. 우리 엄마 아빠 문제도 마찬가지고."

홍씨 부부 때문에 기운이 빠진 은솔이 돌아간 다음 영조의 엽서를 읽었다.

미래야, 무슨 말로 위로를 해야 할지 모르겠다. 긴 시간을 네 옆에서 보낸 나에게도 아저씨는 소중한 사람이었어. 나도 이렇게 슬픈데 네 마음은 얼마나 아플지 상상이 안 된다. 많이 슬프겠지만 부디 이겨 내기를 빌게.

그리고 너에게 사과하고 싶은 일이 있어. 전부터 꼭 말하고 싶었는데 내가 용기가 없어서 번번이 기회를 놓치고 말았어. 전에 나에게 고백했을 때 절대로 네가 싫어서 그랬던 게 아니야. 그땐 너무 놀랐고 아무 생각도 안 떠올랐어. 그 자리를 벗어나고만 싶어서 도망쳤던 건데 그렇게 행동하면 안 되는 거였어. 남겨진 네가 얼마나 황당하고 무안했을까를 생각하면 아직도 견딜 수 없이 부끄럽고 미안해. 미래야, 나의 잘못을 용서해 주라. 나에게 고백해 줘서 진심으로 고마웠어. 부디 지금쯤(은솔이가 이 상자를 언제쯤 줄지 모르겠지만)은 아빠에 대한 슬픔도, 나에 대한 미움도 조금은 괜찮아졌기를 바랄 뿐이야.

예상치 못한 방향에서 날아온 공에 맞은 것처럼 얼떨떨하고 멍했다. 불과 몇 시간 전 실연 박물관에 키링을 넣는 영조 모습에 화가 나고 상처받았는데. 이 엽서를 미리 받았다면 괜찮았을까? 그럼 영조를 용서할 수 있었을까?

그건 아니었다. 소나기가 내린 뒤 웅덩이의 흙이 가라앉은 것처럼 복잡하게 얽힌 내 머릿속에서 맑은 기억 하나가 떠올랐으니까. 사실 오해를 풀 기회를 걷어찬 건 나였다. 문자에 답을 안 하자, 영조는 또 한 번 내게 긴 문자를 남겼다. 시간이 흐를수록 더 미안하다고, 그날 일에 대해 말할 기회를 달라고, 꼭 같이 얘기를 하자면서.

핸드폰 화면 속 활자임에도 영상 지원이 되는 것처럼 영조의 모습과 목소리가 생생하게 떠올랐다. 긴장할 때마다 축축해지는 손바닥을 바지에 문지르며, 콧잔등에 땀 몇 방울을 달고 변성기 특유의 불안정한 목소리로 쭈뼛거리며 말하는 영조의 모습이 눈에 선하게 그려졌다. 미안하다는 영조의 문자는 진심이었다. 모든 진심은 거부할 수 없는 힘을 가졌고, 그 진심이 고작 열세 살 소년의 것일지라도 그건 예외가 아니었다. 영조가 진심을 다해 하려는 말은 무엇일까?

영조의 진심을 알기가 두려웠다. 나를 싫어한다는, 다른 누구를 좋아한다는……. 영조의 입에서 나오는 진심을 듣느니 차라리 도망가 버린 비겁한 녀석을 욕하는 게 나에겐 더 쉽고 편한 일이었다. 애써 영조의 진심을 외면하는 것만이 나를 지키는 방법이었다.

고백을 받아도 상처가 될 수 있다는 영조의 말은 사실이었다. 나에게 상처를 줬다는 생각에 오랜 시간 괴로워했을 테니까. 어쩌면 이제야말로 용기를 내서 영조의 진심을 받아 줘야 할지도 모르겠다.

랑자 언니의 메시지가 도착했다. 준모 이야기를 다 하기 싫어 언니가 보내 준 정보로도 라스카를 찾을 수 없었다는 사연을 보냈는데 그거에 대한 답이었다.

> 결국 못 찾았구나ㅠ 나도 이렇게 실망스러운데 동생은 더 하겠지? 그런데 사랑은 원래 고여 있지 않는 법이고 어딘가에서 다른 모습으로 행자 동생에게 다가올 준비를 하고 있을 거야. 그러니 사포자라는 방패로 다가오는 사랑을 막지 않았으면 좋겠어.

마음과 시간을 내서 애써 준 언니는 끝까지 내게 다정한 응원을 보냈다. 누가 미래의 사랑을 이렇게 응원해 줄 수 있을까. 꼰대 같고 잔소리 같아서 싫었던 순간도 많았지만 이 순간만큼은 랑자

언니의 진심이 뭉근하게 오래 끓인 곰국처럼 따듯하고 감동적이
었다.

반전의 반전

해피 실연 클럽 단톡방에 이선의 톡이 하나 올라왔다.

실연 박물관 한 번만 개봉하면 안 될까?

진짜 꼭 넣어야 할 걸 빼먹었어

욱여넣은 물건들과 방습제까지 꽉 찬 통에 뭘 더 넣겠다는 건지. 은솔이 눈썹 올라간 이모지로 화난 마음을 표현했는데 이선은 눈물을 흘리며 두 손을 싹싹 비는 이모지를 덧붙여 동정을 유발했다. 은솔은 영조와 이선에게 유독 발끈 화를 잘 냈지만 마음을 잘 풀기도 했다.

뭔데?

진짜 작은 거야

이선이 올린 사진엔 루피가 그려진 밴드가 있었다. 저런 하찮은 걸 넣자고 다시 흙을 파서 꺼내고 칭칭 감아 놓은 테이프를 풀어야 한다고?

절대로 안 된다고 할 줄 알았는데 동환도 핸드폰을 꺼내고 다른 걸 넣고 싶다고 했고, 처음엔 펄쩍 뛰던 은솔마저도 하나 더 추가하겠다고 말하며 결국 실연 박물관을 다시 열기로 결정했다. 영조는 이렇게 결정을 쉽게 바꾸면 안 된다고 했지만 나도 찬성 쪽이었다. 아이들 얘기를 듣다가 넣고 싶은 것이 하나 더 생각났기에.

나는 짧게 사랑했고 오래 미워했던 나의 첫사랑을 이제야 떠나보내기로 했다. 처음에는 이메일로 보낼까 했지만 실연 박물관 재오픈에 따라 손편지를 쓰기로 계획을 바꿨다.

영조야, 아마도 이 편지는 네가 읽지 못할 거야. 그런데도 편지를 쓰는 건 네가 보내 준 진심에 대한 나의 대답을 보여 주기 위해서야. 아빠의 죽음을 같이 슬퍼해 주고 또 내 고백을 가볍게 여기지 않아 줘서 정말 고마워. 네 엽서를 보면서 조금 더 빨리 알았다면 얼마나 좋았을까 생각했어. 그러면 너를 미워하고 나를 괴롭힌 시간이 짧았을 테니까. 그렇지만 언제나 그렇듯이 오해는 진실보다 먼저 도착해 사람들을 괴롭히는 녀석이잖아. 그걸 알면서 나는 또 그 녀석을 마음에 들이고 말았고. 영조야, 너를 오해해서 미안해. 그리고 긴 시간 친구로 옆에 있어 줘서 정말 고마워. 너에게 했던 고백까지 모두 소중하게 간직할게. 안녕.

손마디 어딘가 보이지도 않게 박혀 있던 가시를 빼낸 것처럼 후련했다. 정말 은솔의 말처럼 실연이 해피할 수 있다는 생각이 들었다. 편지를 포장하다가 문득 동환이 핸드폰을 뺀다면 공간이 남을 테니 사진을 한 장 추가해도 되겠다는 생각이 들었다. 함께한 시간을 증명하듯 영조의 사진은 앨범에 차고 넘쳤다. 다만 대부분은 은솔과 같이 있거나 또 다른 친구들과 함께 찍은 것들이었고 영조 혼자 찍힌 건 하나도 없었다. 할 수 없이 삼총사 사진을 한 장 꺼내다 문득 얼마 전 영조와 모둠으로 사회 수행 평가를 했던 기억이 떠올랐다. 네 명이 한 모둠이 되어 동네 시장과 지하철역 주변을 돌아다니며 찍은 사진으로 마을 지도를 완성하는 숙제였는데 장난처럼 아이들의 독사진도 찍었다. 하지만 파일 속에는 그때 찍은 사진이 한 장도 없었다. 영조가 꼴 보기 싫어서 그새 삭제해 버렸나? 그럴 가능성도 꽤 있었다.

시간이 많이 흘렀지만 혹시나 영조에게 보낸 메일에 사진이 남아 있나 싶어서 찾아봤는데 역시나 파일 다운로드 기간이 지나 있었다. 남은 방법은 하나였다. 영조에게 사진을 다시 보내 달라고 하는 것. 그런데 무슨 핑계를 대면서 사진을 달라고 하지?

영조가 둔한 애긴 해도 그 정도로 눈치가 없지는 않을 테고 무슨 일이냐며 꼬치꼬치 물을 터였다. 사진을 추가하는 계획은 포기할 수밖에 없었다. 보낸 메일을 닫으려는데 그제야 영조의 이메일 주소가 눈에 들어왔다. 'lee-au79@naver.com'.

au79? 이게 왜 영조의 이메일에 있는 거지? 포장해 온 아이스크림을 풀다 드라이아이스에 손이 닿은 것처럼 한순간 소름이 끼쳤다. 은솔이 분명히 어디서 봤다고 했던 것도 이거였구나. 뒤죽박죽 얽힌 실타래를 푸는 것처럼 머릿속 기억들이 어지럽게 돌아가기 시작했다.

"무슨 조합으로 만든 거야?"

사회 숙제를 위해 만든 모둠의 모둠장은 영조였다. 원래는 각자 조사한 것을 단체방에 올리려고 했는데 중간고사가 보름이나 남았음에도 영조가 시험 기간 중에는 핸드폰을 안 본다고 유난을 떨어서 결국 이메일로 보내기로 했다. 메일 주소를 받아 적던 은솔이 물었을 때 영조의 뻐기는 표정은 정말 가관이었다.

"화학과 역사를 다 알아야 무슨 뜻인지 알 수 있는 조합이야. 한 번 맞혀 봐."

단체방에 올리는 제일 간단한 방법을 못 해서 이미 짜증 지수가 올라온 은솔에게 영조는 눈치 없이 굴었다.

"하여튼 잘난 척은! 머리 쓰기 싫으니까 그냥 네 입으로 불어라."

"조선의 왕들 이름은 거의 한 글자야. 백성들이 왕 이름 한자를 쓸 수 없기 때문에 되도록……."

우정의 한계에 다다른 은솔은 영조의 퀴즈를 반기지 않았다. 어디서 팔기만 한다면 눈치를 사서 영조에게 선물하고 싶을 정도였다.

"아, 시끄럽고 얼른 답이나 말하라고."

인내심이 바닥난 은솔이 소리를 빽 지르자 그제야 영조가 대답했다.

"영조 임금 이름이 이금이라고. 금을 골드라고 하면 재미없으니까 화학 원소 기호로 바꾼 거지."

"넌 이게 멋있냐? 멋대가리 없이 복잡하기만 하구면. 내가 찍은 시장 사진은 미래한테 보냈으니까 미래가 내 것까지 너한테 보낼 거야."

은솔의 말처럼 '멋대가리 없이 복잡한' 조합이 라스카의 닉네임이었다.

해피 실연 클럽, 다시 문을 엽니다

세상에는 두 종류의 사람이 있다. 첫사랑을 믿는 자와 첫사랑을 믿지 않는 자.

"첫사랑 개나 줘 버려. 우리 엄마 아빠도 서로의 첫사랑이었 거든."

하루에도 수십 번의 플러팅에 가슴 설레 하던 은솔은 이제 사랑을 믿지 않는다. 첫사랑은 이루어질 수 없다는 옛말을 문신처럼 새기며 살고 있다. 얼마 전까지 사랑을 어떻게 믿냐고 외쳤던 어느 바보처럼.

"첫사랑은 그 자체로 의미가 있는 거야. 꼭 이루어져야만 의미 있다고 보는 건 결과 지향적인 편협한 시각이라고."

내 말에 은솔이 어이없다는 듯 웃었다. 불과 몇 달 사이에 나와 은솔은 영혼 체인지를 한 것처럼 바뀌었으니까.

"실례지만 사랑을 포기했다던 사포자, 어디 계세요?"

은솔은 이마에 손을 얹고 두리번거리는 시늉을 했다. 은솔의 놀림에 나는 두 손을 얌전히 모아 앞쪽을 가리켰다.

"여기 계시네요."

이제 사포자는 내가 아니라 은솔이니까.

"아무것도 바뀐 게 없는데도 너는 사랑을 믿어?"

은솔의 말에 나는 크게 고개를 끄덕였다. '사랑'이야 말로 사랑받을 가치가 있으니까. 그 믿음만으로도 사람을 변화시키니까.

"언제는 사포자라고 하더니 이젠 사랑 고백을 다하고. 그것도 영조한테?"

은솔은 진짜 이혼 여행을 떠난 부모님보다 나를 더 이해할 수 없다고 했다. 치, 말이 안 되고 이해할 수 없는 것이 사랑이라고 할 때는 언제고.

영조는 라스카가 맞았다. 실연 박물관에서 꺼낸 편지를 눈앞에 들이밀었을 때 영조는 귀신이라도 만난 듯 얼빠진 표정이었다.

"이걸 어떻게 네가 갖고 있어?"

가짜 라스카의 손에서 시작되어 랑자 언니로 끝난 편지의 기막힌 우연을 말해 주자 더 놀란 얼굴이었다. 내가 영조에게 궁금한 건 하나였다. 그 마음이 진짜였는지.

편지에 거짓은 하나도 없다고 말하며 영조는 귀까지 빨개졌다. 저러다 귀가 터지면 어쩌나 걱정이 될 정도로.

"편지는 안 보낸 게 아니라 못 보낸 거였어. 편지를 쓰다가 은솔이 연락을 받았거든. 언제 오냐고, 아저씨가 위독하다는 내용이었어. 그런 상황에 고백이라니 말도 안 되는 일이었지."

주소까지 다 적은 편지를 폐기하려고 할 때 하필 침대 옆으로 떨어졌고 팔을 집어넣어 찾다가 포기했단다. 나중에 발견한 누군가 버리겠지 하는 마음으로. 그게 라스카 사건의 전말이었다.

말을 마친 영조는 영어 학원 시간이라며 급하게 뛰어갔다. 그래서 지금 네 마음은 어떠냐고 묻고 싶었지만 그랬다간 영조 얼굴이 폭발할까 걱정스러워 잡을 수도 없었다.

찬바람이 쌩쌩 불었던 오래전 그날과 달리 영조가 떠난 자리가 온기로 가득했다. 영조의 몸에서 사랑이 뚝뚝 떨어진 것처럼.

'영조도 같은 마음이었어. 멀리서 가까이서 한결같이 나를 좋아했어.'

그 순간 온몸이 간질간질해지면서 달콤한 공기로 가득 차 붕 떠오를 것 같았다. 그렇게 가볍고 투명해진 몸으로 영조 주위를 맴돌고 싶었다. 그리고 큰 소리로 외치고 싶었다. 영조야, 나도 너를 좋아해, 예전부터 지금까지 변함없이 너를 사랑해.

흥분한 마음을 가라앉히고, 냉정하게 머릿속 회로를 돌려 여전히 영조를 좋아하고 있다는 결론을 얻었다. 더 이상 시간을 끌 수 없었고 바로 영조에게 고백했다. 하지만 내가 몰랐던 건 타이밍이었다. 사랑에도 다 때가 있다는 진리를.

"하여간 소문의 종착지라니까. 채림이랑 사귀는 것도 몰랐어?"

몰랐지만 알았다 해도 똑같은 선택을 했을 테다. 나는 오랜 친구이자 첫사랑이었던 영조에게 두 번째 고백을 하고 또 차였다. 너를 오랫동안 좋아했다는 고백을 듣고 입술을 깨물며 난감한 표정을 짓던 영조는 그 순간에도 몹시 귀여웠다.

"미래야, 미안해! 나 채림이랑 사귀어. 아, 어떡하지? 그때도 그랬고 지금도 나를 좋아해 줘서 정말 고마워."

영조는 그날처럼 도망가지 않고 최선을 다해 정중한 거절을 전했고 나는 열여섯 살 소년의 진심을 기꺼이 받아들였다. 실연도 해피하게 할 수 있다는 은솔의 말을 믿고서.

"미래야, 괜찮아? 너 얼굴 완전 굳었어."

하지만 해피는 개뿔! 절대로 아니었다. 채림과 손을 잡고 웃으며 걸어가는 영조를 보면 날카로운 종이에 베인 것처럼 마음이 쓰리고 아팠다. 좀 더 빨리 영조에게 마음을 전해 볼 걸 후회도 들었고 저것들이 언제까지 가나 보자, 악담도 했다. 영조 앞에서 채림의 종아리가 두껍다는 흉도 봤다. 채림에게 뭐든 뒤졌지만 그래도 인간성만은 비등하다 느꼈는데 이젠 그마저도 졌다.

"야, 너 우는 거야? 고작 영조 때문에?"

나쁜 자식, 감히 내가 보고 있는데 채림이랑 손깍지를 껴? '고작' 영조 때문에 눈물이 났다. 영조 앞에서 태연한 척 굴다가 집에 와서 이불을 뒤집어쓰고 우는 게 속상했다. 은솔이랑 통화를 하다 대성통곡을 해서 더 비참했다.

"그냥 나랑 같이 사포자 클럽 만들자니까."

그래도 다시 사포자가 될 마음은 없었다. 다가올 사랑이 아직 남았는데 너무 일찍 마음의 빗장을 걸어 잠그면 안 된다는 걸 실연을 통해서 깨달았으니까. 비록 그 사랑이 이선이나 동환일지라도. 부디 그들이 아니기를 간절히 바라지만.

하염없이 흐르는 내 눈물을 보고 은솔은 다시 핸드폰을 꺼냈다.

해피 실연 클럽, 다시 문을 엽니다

작가의 말

"선생님은 사랑이 뭐라고 생각하세요?"

서울 어느 중학교에서 있었던 작가와의 만남 중 사랑에 관한 질문을 받았다. 그날의 주제 도서는 왕따와 관련된 내용이었기에 사랑과는 하등 관련이 없었다. 피식 웃음이 나왔다. 하지만 익숙한 상황이기도 했다. 얘네 둘이 좋아하는 것 같아요, 주인공 남자랑 누구랑 연결하면 잘 어울릴 것 같아요, 걔는 왜 주인공의 연애를 방해하는 거예요? 등등의 질문은 언제나 나오곤 했으니까. 탱탱볼처럼 어디로 튈지 모르는 중학교 아이들은 어느 책에서건, 어떤 내용에서건 숨겨진 사랑을 잘도 찾아냈다. 작가인 나도 쓴 적이 없는 이야기를.

그날 나는 자신을 좀 더 좋은 사람이 되도록 만드는 것이 사랑이라고 대답했다. 강연이 끝나고 도서관을 나오는데 질문을 했던 남학생이 내 옆으로 오더니 다시 말했다. 그렇게 좋은 게 사랑이라면 어떻게 사랑이 깨질 수 있냐면서.

아이의 표정은 사뭇 심각했다. 다음 일정이 있어 자리를 떠나야 했기에 아이와는 그 뒤에 메시지로 대화를, 아니 일방적인 푸념을 들을 수 있었다. 아이는 갑자기 여자 친구에게 차였다면서 자신은 하등 잘못한 것이 없기에 억울하고 이별을 받아들이기 힘들다고 했다.

같은 반 아이들에게 부끄러워 죽을 것 같다는 아이를 위해 내가 한 일이라곤 그저 얘기를 들어 주는 거였다. 네가 얼마나 아픈지 알 것 같다는 위로를 곁들여 가며. 두 번 정도 메시지를 받았던가. 자신의 흑역사를 털어놓아 부끄럽다는 말과 함께 아이의 메시지는 다시 오지 않았다.

처음 메시지를 받았을 때 왜 나에게 이야기를 털어놓으려 하냐고 물었다. 아이는 왠지 작가 선생님은 저를 이해해 주실 것 같았어요,라고 말했다. 이마에 여드름 몇 개가 있던, 검은 뿔테 안경을 쓴 남학생의 그 말이 내 가슴을 쿵 때렸다. 생채기에 호 입김을 불어 주는, 부끄러운 고백에 어깨를 토닥여 주는 글을 써야겠다는 깨달음이 들었다. 아프지만 사랑을 거절한 상대의 마음을 받아들여야 한다고, 실연을 했어도 너는 여전히 좋은 사람이라는, 아이에게 못다 한 말을 글로 썼다.

봄이 오고 새싹이 돋고 꽃이 피어도 실연한 사람의 마음은 춥고 어둡기만 하다. 실연은 원래 그런 거니까. 하지만 두 사람의 관계가 끝났어도 함께했던 시간들 속의 사랑마저 사라지는 건 아니라고 생각했다. 실연 속에서 버려진 많은 사랑의 가치를 존중하고 싶었다. 부디 이 책을 읽고 내 곁을 떠난 사람을 생각하며 한번쯤 웃을 수 있기를 바라 본다.

당신의 아름다운 실연을 위하여,
정은숙

창비청소년문학 144

해피 실연 클럽

초판 1쇄 발행 | 2026년 2월 20일

지은이 | 정은숙
펴낸이 | 염종선
책임편집 | 구본슬
조판 | 박지현
펴낸곳 | (주)창비
등록 | 1986년 8월 5일 제85호
주소 | 10881 경기도 파주시 회동길 184
전화 | 031-955-3333
팩스 | 영업 031-955-3399 편집 031-955-3400
홈페이지 | www.changbi.com
전자우편 | ya@changbi.com

ⓒ 정은숙 2026
ISBN 978-89-364-5744-0 43810